U0919213

窈窕文丛

羊角口哨

阿微木依萝 著

译林出版社

窈窕文丛：爱情一息尚存

贾梦玮

“窈窕文丛”，顾名思义，作者都是女性，是女作家，而且这次基本都是八〇后九〇后的青年女作家。关于女作家，关于女性书写，有“女权主义”的说辞，也有女性文学为文学提供了细腻与抒情风格的说法。这两点都有它的理由，但也都可以不管。或者说，“窈窕文丛”的年轻女作家们所提供的，远远不止这些。

我相信，女性所体验的世界一定不同于男性所体验的世界，这是由男女不同的身心所决定的。因此，女性作者一定会为文学共同体提供新的东西。“窈窕文丛”不仅是女性文学，而且要为文学提供新质。就拿经典的女性文学形象来说，目前我所知道的大多为男性作家所创造；但我更愿意信任女作家们所塑造的女性形象。因为，那不是“他者”，而是她们“自己”。“窈窕文丛”为文学世界提供的女性文学形象，如纪米萍、夏肖丹、丁霞、刘晋芳、商小燕、娜娜、云惠、阮依琴、唐小糖、芸溪、静川、梅林、汪薇……还有好多个“我”与“她”，那些鲜活的女性形象，只有她们才能创造，“她们”身心的千疮百孔，只有她们才能感同身受。阅读“窈窕文丛”，我一次又一次被震撼，我对于“她”的阅读体验，不是同情、怜惜、悲悯等等词汇所能概括的。常常，我觉得我就是“她”，就是“她们”，我居然也可以感同身受。这是文学的魅力，也是文学的命运。

让我这个男性读者觉得遗憾和汗颜的是，“窈窕文丛”中所塑造的男性形象，或萎缩，或无能，或逃避，或不忠，或模糊不清、不负责任，或外强中干、金玉其外败絮其中，伊甸园至少有一半有坍塌的危险。女人都那样了，男人就没有责任？还有幸福可言？男人都这样了，女人的幸福又从哪儿来？男人的命运和女人的命运如此紧密地联系在一起。异性环境颓败了，无论男女，他们和她们情将何堪？免不了的，每个人的心上都会有一道或一道道伤口。我们都是伤心之人。文学，某种程度上就是疗伤的艺术。

但是，“窈窕文丛”中所有的故事也都在告诉我：爱情至少一息尚存。“窈窕文丛”的每部作品中，有一万条否定爱情的理由，可是爱情还是在那儿，无法否认。倘若本体意义上的爱情已经死亡，“窈窕文丛”中的那些女性，也就不可能有那样的深创与剧痛。爱情似乎是痛苦之源，但也只有爱才能创造奇迹。

广义上的“爱”和“情”是世界的本源。“窈窕文丛”中的作品，也有不以两性关系为描写中心的，而是更多关注底层人物粗砺、绝望的人生，像冰冷的石头和灰扑扑的尘土一样的命运。

“任何人在写作时想到自己的性别都是不幸的。”弗吉尼亚·伍尔夫的话颇堪玩味。她还说：“心灵要有男女的通力协作才能完成艺术的创造，必须使一些相互对立的因素结成美满的婚姻，整个心房必须大敞四开，才能感觉到作家是在美满地交流他的经验。”弗吉尼亚·伍尔夫被“女权主义”时而认作同道时而认作敌人。我只知道，男人和女人有着更宽广意义上的共同命运。

美貌曰“窈”，美心曰“窕”；美状曰“窈”，善心曰“窕”。“窈窕”形容的是女子仪表心灵兼美的样子，丛书以此命名，编者和出版人的美好愿望可以想见。“窈窕淑女，君子好逑”。说好的“君子”呢？“窈窕文丛”既是给女人的，也是给那些男人的。

给“爱”机会，让“爱”创造。

目录

羊角口哨

雨停了。肖龙从回忆中醒来。

他决定首先去找那位交往最深的朋友。这位朋友住在工地的西北角，由于不怎么和陌生人来往，这些年他走得最近的也就是肖龙一个人，如果不是有人来串门，他的房间多半是一直关着的。此刻，这位朋友的房门不出预料地紧闭。肖龙在门外停了一会儿，心中很忐忑，毕竟自己现在的处境很尴尬，一个死者，来会见他的老友，听上去动人，但是要怎么招呼呢？“嗨，我的老朋友，我回来看你啦！”这真是一句要命的鬼话。

他决定在门口等，让这位朋友自己走出门。晚饭后总得出来透透气吧。

好啦，晚饭时间过了。一切都在肖龙的预料之中。大门开了，走出一个瘦长的男人，才用过晚饭，看上去神色慵懒、疲倦，心情倒是不坏，他的胡子都快将下巴坠掉了。

“谁在那儿？”

肖龙从藏身的木板背后慢慢出来。

“是我。老朱，我找你说点事。”

老朱半天说不出话，不过他的胆量远远超过自己的认知。镇定一下情绪，自如地走到肖龙身边，试探着用手拍一下对方的肩膀，然后脸上的笑容也跟着出来。他说：

“我很吃惊能再见到你。昨天晚上可把我的眼睛都要哭坏了。你是我在这个城市唯一的好友啊。”

肖龙听到这话，心里热乎乎的。看来先前的一切顾虑都是自寻烦恼，老朱很欢迎他这位死去的朋友。那么接下来的事情就好办啦，只要说出自己的想法，对方一定会尽力帮助。

“我来是有一件事情找你帮忙。”

“啊？你现在还有什么事要处理？真不可思议，我以为你现在什么事都不用操心了。”

肖龙惊讶得不知怎么往下说，想不到好友的答复会是这个样子。也许应该请他喝一场酒。平日里他们就是这样相处的，在酒桌上，一切事情都好谈。于是他抖抖索索在口袋里摸了一番，然而，身无分文。本来是有一点酒钱的，但是昨天晚上朋友们将他安置到郊区工棚后拿走了，他们商议了那笔薄弱的遗产应该怎样处理，最后一致同意将它买几瓶好酒，在郊区的冷夜里，面对他的尸身，他们一边哭一边喝一边回忆，算是对他最后的纪念和追悼，然后，他们哭得没有力气，酒也喝够，留了一杯在那儿才散场。当时那种气氛，对于一个刚刚死去的人来说，真是莫大的安慰。只可惜敬他的那杯酒还没来得及喝呢。

“走，我们喝酒去。我有很多话想说一说。”现在顾不上有钱没钱，大不了赊账。肖龙走过去像往常那样拍拍这位哥们的肩膀。可是对方突然避开，笑着说：“不，老朋友，我还有别的事情要处理。你看今天晚上天气还不错，我准备去跑步。什么？你要和我一起去？不行啊，被人看见了怎么解释？你毕竟是……对吧！引起不必要的话题。我平生最反感闲言碎语。如果那样的话，我会冲上去打坏那些人的嘴巴。可我现在要尽量避免一切麻烦，不想跟任何人打架，希望过一点平静的日子。”

“可你一向是不爱出门的呀？”

“那是以前。从现在开始，我要改变过去的所有习惯。既然唯一的好朋友——你——已经不在人世，你将生活在你的世界，在那儿交一些别的朋友，我们不会再有联系，就意味着有更多的时间属于我一个人，一个人有一个人的活法。并且，我喜欢独处，说实在的，你活着的时候我也挺费心，虽然我们喝酒谈天无话不说，也确实建立了友谊，然而这同时也是一种负担，你的很多邀请我都必须接受，可实际上我并不想接受。你应该清楚，很多人来到这个世界上，都是单独来的，不是成群结队来的。所以个别人还保持着原始的孤独的习性也很正常。他们并非离不开朋友，甚至于，他们一个朋友都不需要也很正常。现在我又恢复了原始的习性。你明白我说的意思吗？对，就是这个意思，我从前有你这位朋友和现在没有朋友，后者更让我自在。比如说，曾经我刚刚冲完凉准备躺下休息，你恰好来请我出去喝酒或者散步或者打球，我又得爬起来，又比如，我在想一件悲伤的心事，你来请我吃饭或者谈天，我只好将笑容苦苦地摆在脸上……你就是这样击碎了我的时间，让我深深觉得，人的确不是为自己而活。现在不一样了，我终于！……可是，你为什么又来找我呢？”

肖龙听得惊讶不已，很久才说：“我以为我们有相同的爱好，都喜欢看书，在这个工地上喜欢看书的只有我们两个，因此必然是最好的朋友。我冒雨来找你，的确是有事相求。眼下听你这样一说，我的心凉了半截但也明白你的意思，你是想说，我们的情谊在昨天已经结束，我该回到那个郊区的棚子里，等待父母来安排后事，对于一个本分的逝者来说，要按照活人的意志生活——一个想象中的世界。现在你认为我最应该的是僵直地躺在那儿，履行很多老人的经验：人死不可能复生，更不可能四处走动，我最不应该也不可能来找你。我必须遵守那些‘不可能’。

可我难道没有别的生活方式吗？我能走动却不应该走动，能改变却不能得到允许，要成为永远的受制者，难道不能戳破这些无根据的梦话吗？但我想透彻了，我看见的东西任何人都没有看见，而我说的真相又寡不敌众，真相就保持在我这边，无法证明。我也不想证明。目前我只是不愿被人送到殡仪馆去——那种地方！哎！——想在哪里躲避几天然后找到好的去处。既然你还保持着原始习性，就该清楚我此刻和你是一样的处境，只不过我需要一点最后的帮助，往后就再也不会来麻烦你了。什么？我的情况不一样？有什么不一样！我就站在这里。我是冲开‘不可能’的最好的例子。算了算了，你不要再说啦，我懂你的意思。我不会再来找你。”

老朱板直地站着，眼神特别冷淡。

肖龙失望地从工地的西北角走出来，街上冷清得和他的心情一样。现在得去找那位滴酒不沾的朋友了。这是他活着时来往最少，也没什么共同爱好的朋友。他们从来没有单独在酒桌上见过面，平日里一起说过些什么话或者压根儿没什么交流，都不太记得了。总之这位朋友是混在其余几个好友当中，说来简直可以算是一个陌生人。为什么要去找这样一个交情极浅的朋友帮忙，他也说不好理由。这位朋友住在偏僻而简陋的巷道中。

来得不是时候，大门紧闭，朋友不知去向。

“您知道他去哪儿了吗？”

肖龙拦住一位在巷道中慢腾腾走路的人，这人耳力不好，年纪也太大了，想了半天才冒出一句不明不白的话：“你都不知道，我怎么知道。自己找自己，少见！有病！”说完用手推了推，做出嫌弃的样子。

肖龙往后退几步，靠在朋友的窗户上，心情失落。

第三位朋友住在城中心，一个热闹的地段。他是所有朋友中日子过得最好的。这次运气很好，朋友不仅在家，还平静地坐在一张藤椅上喝红茶。他见到肖龙的第一反应和老朱是一样的。打翻了茶杯，还差点从椅子上摔下来，折腾半天才重新爬上去坐稳。

“真是见鬼了！”他说。不过，看见肖龙除了衣服少一只袖子以外，倒也干净清爽，估计是雨水冲刷的效果，只是神色有些颓废，心事重重，像遇到了什么大麻烦，不然就完全跟活着时没啥两样。这样打探一番后，他才缓了口气说：“真是太意外了，天哪，我竟然还能见到你，这事情说出去都没有人相信，我……”他站起来又重新坐回去。

“老于，你完全不用害怕，我来是想请你帮一个小忙。”

“好，你说。只要是我于树强能做到的，都不是什么大问题。”他爽快地答应了。

肖龙发觉自己还站在门边，抬脚准备走向另一张藤椅。可是刚有这个想法，脚跟还未完全离地，就被于树强一个箭步冲过来拦住了。他惊慌失措带着无法克制的怒气说：“你不能进来。”

被突然拦住的肖龙差点没有站稳，不敢相信于树强的转变这么快。

“我的意思是，毕竟你……哎，如果我妈知道你进了我们家，天哪，她胆子很小，身体也不如从前。昨天她为你的死惋惜，掉了不少眼泪。”于树强企图解释得更好听，手挥来挥去，却越说越不好。他始终压低声音，即便刚才冲过来拦肖龙，也把那句话说得极其小声。

印象中于树强的母亲并没有住在这里。肖龙迟疑了一下，没有说话，眼神却带着疑问。

“她来这儿没几天。”于树强看出肖龙的心思，语调平静，但是肖龙似乎感到哪里不对，尤其是老于的那双眼睛，左右张望，好像很怕什么人突然出现。

“你在和谁说话呢？”

这个熟悉的声调让肖龙吃惊不小。当这位说话的人推开卧室门睡眼惺忪地站在那儿，老于的脸顿时红得跟猴屁股似的。

“姚青青，你怎么会在这里？”肖龙几乎是带着哭腔问出这句话的。

姚青青吓得脸色惨白，瘫软在地。“不关我的事呀！”她的喊声被恐惧击得不成样子。于树强十分羞愧地看一眼肖龙，又急忙将视线收回。

姚青青是肖龙的女朋友。

想不到他刚去世一天，这个女人就和他的好朋友搅在一起了。昨天晚上他还在伤心后悔自己的冲动，将她一个人丢在世上无依无靠，并且肚子里还怀着他的孩子。好几次他都想从郊区冲出来，跑到她的窗前忏悔，却又知道那是无用的忏悔，事情已经成了定局。

女人哆哆嗦嗦从地上爬起来，坐到椅子上。她倒是比想象中的镇定，起先还不敢看肖龙，现在却直直地望着他。

“你都看到了……我没什么好说的……”她的声音真好听，

如果说的不是这句话，也不是在这儿听到，肖龙会立刻走上去抱她到怀里。他自认是个不错的男人，虽然贫穷，干着最粗重的活，也混迹在杂乱的场所，但对自己喜爱的人，他从来不发脾气，也不失浪漫情调制造一些惊喜。现在倒好，她给的惊喜简直能把这个死去的人吓得再死一遍。

肖龙感到自己全身都在发抖，他咬紧牙关，捏着双手，满脑子的念头冲得他更加慌乱和疲惫。他坐到了地上，衣服又是缺了一只袖子，往那儿一蹲真像个拾垃圾的。

“你进来坐吧。”于树强试探地说了一句。

“姚青青，亏你做得出来！”肖龙吼出这句话，把嗓子都扯痛了。他干咳了两声又问于树强：“这就是你‘妈’？这种谎话也只能说给鬼听。”

于树强脸红到了脖子根。

“事情不是你想的这样，但我也没什么好说的。我没有骗你，我妈真的来这儿了，她确实替你惋惜，就在刚才出去买菜，还特意让我抽时间到郊区看一看你。”于树强向肖龙走近两步，又说，“你刚才不是说有事情想我帮忙吗？只要我办得到，你放心，我都可以……”

“闭嘴！”肖龙突然朝于树强的脸打了一拳。

“哎呀，晦气！”姚青青从椅子上蹦起来，匆匆地又坐下去，目光闪烁地望着肖龙。

屋里气氛糟透了。姚青青盘腿坐在椅子上，目光从肖龙身上转到地上，然后就一直望着地板发呆。于树强明显是要准备出去喝酒的，他的红茶已经快要喝光了，还换下做活的衣服，穿了一身新买的休闲西装，凡是他一个人去的场合，基本上都穿得很整洁，只有跟肖龙他们一起喝酒才比较随意，有时工作服也不换，直接坐到酒桌上了。从这种表现来说，他可以混迹在工头那边，也可以活动在工友这边，他的口才是那么好，特别使人敬重和信服，凡是需要找包工头处理什么事，必然要拜托给他，也只有他往工头身边一站，无论身高气场和衣着，都十分恰当，特别像个办事的。平日里他的位置自然高于别人。总之，于树强就是领导和工人之间的一个轴心。可眼下他却不能有平时的气质了，那受人尊敬的好心情落得一点不剩。

肖龙从地上起身，眼睛朝姚青青那边匆匆扫一眼收回来。姚青青低着头。于树强也低着头。事情成了这个样子，离开这儿是最好的办法，于是他几乎用奔跑的速度走到街上。雨后的街面有几分落寞的味道，从光秃秃的树枝上垂下的冷风不时扫在头顶，他现在才体会什么叫“透心凉”。一股说不清是伤感还是耻辱的味道在他心中回荡很久，最终，他不能忍住眼泪，在一棵树下哭得像个要饭的。有人从那儿走过，在树荫下奇怪地看他几眼。现在他没有一点从前粗暴果断的性格，连他自己都觉得奇怪，突然间变得软弱，对这种灭顶的愤怒也可以用几颗眼泪来发泄。

他带着病态而绝望的心情，要去找最后一位朋友，这位朋友几乎没有安定的居所，不过，他最近落脚在一处僻静的桥洞，他还去那儿喝过一场酒。那洞子还算干净，也不漏雨，估计往后就是长期居住的地方了。他这位朋友生性喜爱流浪，在工地上做活用他的话来说就是“体验痛苦的日子”。谁知道他什么时候会突然逃离这种日子呢。反正这位朋友是性情古怪的人，愿意受穷，愿意找罪受，愿意突然间消失又突然间出现，待人忽冷忽热，捉摸不透。所以肖龙实际上也拿不透朋友的心思，甚至他是什么地方的人也从没听说。反正那些朋友来喝酒的时候，这位朋友必然相随，他见识广博，讲一些跟工作完全不相干的见闻，这些见闻甚至像传说，不真实却相当吸引人。在肖龙看来，这人不仅行踪不定，还十分神秘。

桥洞很快就到了。夜幕逐渐加深，走到洞子门口，听见有鼾声从洞内传来。肖龙抬脚往里走，努力睁大眼睛，才看清那位朋友躺在一块破旧的板子上面，头下枕着一块火砖。

“我就知道你会来找我，请随便坐吧。”

朋友突然说话。原来他并没有睡得很沉。

“你看起来心情不太好哇？”朋友又说。他简直可以看穿肖龙的心思。

这么直接的话题让肖龙为难，半天想不好怎么回答。他勉强摊开手，做一个有气无力的无奈的手势。

“那就不要说了。我们来谈谈你的困难。”

“你似乎什么都知道了……”肖龙说。他找到一块石板，双脚踩上去蹲着，并将那只没有袖子裹住的手环在膝盖上，显得十分窘迫。他不知道怎么跟朋友说。

“你不想进殡仪馆。是这个事情吧？”

“是。”肖龙吃惊地看了朋友一眼，不明白这种想法是怎么被看透的。“那种地方，如果我去了就无法和父母见面啦。”

“我听懂你的意思了，你要落叶归根，这很好，人之常情。放心吧，我可以将你藏起来，直到你的父母把你带走。山区的路十分难走，但愿他们抓紧时间。”朋友停顿并且沉思一下又说，“但是把你藏在什么地方是个难题，你所处的位置已经是最偏僻的了，没有比它更好的藏身之所。”

肖龙想了想，说出自己的看法：“你这儿是个好地方。”

可惜这句话一出口，对方的脸色突然就变了。这位朋友就是性情不稳定，上一分钟还聊得好好的，突然间便对人失去耐心。肖龙已经捕捉到对方不好的情绪，于是改口说，只是开个玩笑，并不想真的添这份麻烦，解释完心里涌出一阵悲痛。

朋友始终不作声，眼睛也不看他，那张麻木的脸子冷冰冰对着桥洞的另一个方向。他退出洞子听到里面又响起鼾声，但同时却低微传出一句话：“不是朋友不害人。”他不确定是否出自朋友之口。听上去怪陌生。

现在无处可去了，万分无聊地走在路上。夜色将他紧紧裹住，躲开路灯和人群，眼前没有一丝亮光，在最阴暗的路上像虫子一样挪动。他觉得今天晚上，是所有日子里最难熬的。一定是心有不甘或者过于寂寞，才会让他又重新悄悄地跑到所有朋友的住处去看了一遍。到底要查看些什么他也搞不清楚。当他走到姚青青——也就是那位姓于的朋友窗前时，他长时间停住脚，眼睛一眨不眨盯住躺在藤椅上的姚青青，心里自然要骂上几句，尤其看她伸手将耳根前的头发挑到后面，更是嫌恶地觉得这动作风骚透顶。总之，姚青青眼下做什么动作在他看来都和荡妇一样，想到老于会为这些动作发痴，并且也一定是因为这些动作才受到了勾引，肖龙便狠狠在窗外啐了一口。

但昨天晚上姚青青不是这个样子，昨晚她面色难看，眼睛浮肿，谁见了都会相信她死了心上人。她几乎守候到半夜，所有朋友都离去了，还孤零零坐在冷风里，并且不知道为什么，最后离开棚子之前，还贴在肖龙的耳朵边说：怨不得我。这样说完，她才将肖龙没有完全闭上的眼睛用手轻轻往下抹。

房内有一些响动，姚青青从椅子上站起来往卧室里走。接着，肖龙听到里边传出哭声。是姚青青伤心的哭声。肖龙不相信自己的耳朵，她有了新欢，还有什么值得哭的？他等在窗外很久，哭声小下去甚至彻底没了。进入卧室的姚青青始终没有出来，倒是那卧室门口不知什么时候丢了几扎钱，还没有拆去腰封，显然刚从银行取出来。当他想敲门进去看个究竟，背后突然有人轻轻拍他的肩膀，扭头一看却是老于。他满脸小心地说，跟我来。

由于先前闹得不愉快，肖龙即便跟在老于身后，也保持着长长的距离。

“你要说什么就说，我不想和你在这儿绕来绕去。”

走到一个僻静处，肖龙停下脚步。

于树强只好走回来，用比先前大一点的声调说：“我们进去谈。”他指着右手边一个废弃的院子。

二人进了院子，肖龙感到此地非常陌生，院子里回荡着一股清冷的风，闻到青苔和腐草的气味。

“有事快说。”他还是满心不耐烦，四处看了看，不想在这儿久留。

于树强扑通跪在地上，眼泪淌了满脸。

肖龙两眼直直地望着，这突然发生的状况让他一点门道也摸不清。

“你一定不要恨我。这不关我的事。全赖姚青青的主意，我们都小瞧了这个妇人，她必定会把所有的钱都卷跑。而我真不忍心那样做，你可是我的朋友，怎么能拿着朋友的钱逃跑呢？你从顶楼跳下去的时候，姚青青本来可以拉住你的。但是不知道为什么她连你的衣角都没有来得及拽住。当然眼下说这些已经不起作用。我们当初都说‘保证不会出事’，仅仅表演一场讨要工资的戏，谁知道造成了悲剧。如今我们这些朋友应该帮你完成心愿，起码可以将你的钱完整地交给你的父母。但是姚青青不答应，她要霸占那些钱，谁也阻止不了她，只要她的肚子里还装着你的孩子，她就是最有资格获得这些补偿款的。我也阻止不了她了。”

“你在说什么？”肖龙听得似懂非懂，但是他好像也知道点苗头，那就是这两个背叛他的人现在闹翻了，拿着他的卖命钱分赃不均，出现矛盾啦。这对他来说，真是件高兴的事，所以问这句话的时候嘴角有笑意。

“我和姚青青一点关系都没有。不管你信不信。你看到她在那儿，纯粹是一场意外，她也刚刚到那儿，我们在商谈怎样处理那笔赔偿款。你必须相信我，她要独吞那笔钱，理由是，她怀着你的孩子。你的孩子有权利继承这笔款项。就这么简单。而我作为你最好的朋友，怎么也要将这件事情处理好，我还是刚才说的那种心思，认为那笔钱最应该归给你的父母。这是再合理不过的。但是她当时威胁我，天哪，我真不好意思告诉你，你爱的这个人是多么恶毒和下流，她说，如果我不同意她的做法，她会让我在朋友中无法抬头。要我背上夺人妻子的罪名。事实证明她的演技非常好，你上了当，相当愤恨，差不多要拿刀子捅我。更悲惨的是，接下来还会有更多人上当，我会在这个城市没有立足之地，没有勇气见任何人。

“今天我只想告诉你真相，因为别的人我无法去解释，但你作为朋友，应该了解并且相信我的为人。”

于树强从地上站起来，双手抓紧自己的头发，十分痛苦。

肖龙听得清清楚楚，但内心却很波动。

“姚青青很快就会离开这儿，啊，你等着看。我敢保证她深更半夜就会逃跑。这样的人，什么事情都做得出来。”于树强用一种打抱不平的语气，说完提了提脚后跟，让自己轻松将步子迈开，走到院门边。

“你想多了。我对那笔钱毫无兴趣。我只是感到孤独，想找朋友说说话，顺便请求给我一个藏身的地方，我不想去那个可恨的地方。父母来这之前，我想和你们叙叙旧，仅仅是这么简单的事情。想不到你会跑来跟我说这些。你和姚青青的事情我并不想管，当然了，先前我还很伤心和气愤，可是想到往后姚青青总归还是要嫁人，她不跟你照样跟别人，那又何必为这种早晚会发生的事情伤心呢。说不定她跟着你，看在我们朋友一场的分上，你会善待我的孩子。”肖龙瞟了于树强一眼。

“你太粗心了，实际上……姚青青并没有你的孩子。全是假的。她装出来的。你不信？为什么不信？她现在绝对已经离开房间，步伐轻快，简直像飞一样，卷款逃跑啦！”

于树强的话让肖龙吃惊而愤怒。她为何要编造这种事情呢？

这个女人，她到底想干什么！啊，钱，肯定是为了钱。真不敢想象。可于树强的话也未必值得相信，说不定是和姚青青串通好的。

经过这一趟的见识，他不敢相信从前的朋友，就连自己的感觉也发生了改变，不再是个有立场并且性子暴躁的人了。他表面温和，隐忍着，用于树强也不能料想的语气说："这也无所谓了。我感谢你告诉我这些。然而姚青青这个女人的事情，我已经没有多大兴趣。"

于树强想不到肖龙连这种事情也不关心了。看来人死如灯灭，事实如此。

二人从废弃的院子里出来，相对看了一眼，都无话可说，都心知肚明：他们再也不是朋友了。

肖龙一个人蹲在路灯下面的长椅子上发呆，当然，他还没有那么灰心，毕竟巷道中那位朋友还没有见着面。说不定到他那儿会得到帮助。可是天色很晚了。

他胡乱往一个方向走，到了那儿才发现并非没有目的，他准确地走进了姚青青母女俩居住的院子。这儿从前常来，所以熟门熟路。然而他并没有想象中那么顺利地走进堂屋。这儿的摆设和之前不一样了。事实上，整个房子都变了模样，由原先的大院子变成了小一些的院落。借着从对面窗口照过来的一盏小灯光，肖龙看见自己所处的房门口台阶上长了一层青苔，他必须小心脚下才不至于闹出响声。可是响声依然发了出来，并且是愚蠢的摔跟头的响。

这是怎么回事呢？他心中充满无法解释的狐疑。

墙角有腐烂的草和一些碎玻璃碴，想贴着墙根走到那盏灯光跟前十分困难。肖龙站着喘了口气，他感觉这一小段路走得相当吃力。突然间，就在站着的这一小会儿，他闻到青苔和腐草的气味时心里一惊，这是先前他和于树强在那所废弃的院落中闻到的味道。他惊讶地打探四周，发觉这根本就是先前来过的地方。怎么她们会住在这儿？他清楚地记得——虽然他是胡乱地走，可是，去姚青青的住处根本不需要脑子的记忆，光是两只脚的肌肉记忆就能完成——那条路是通向姚青青住处的，路上的景物和遇到的人家，都显示这个方向没有错。但他又不能不相信眼下看到的这陌生的院落。那么现在，他只能推测自己确实走错了路，这儿住的不是姚青青和她的母亲，而是别的人。那么只有走到那个灯光下才能搞清楚事情。他相信那儿一定还有人醒着，可能是一位妇人，坐在灯下缝补什么东西，只有这种解释才能说得通院中的异样没有引起对方的注意。

等他再走的时候，毫不费力就来到灯光的窗前。透过窗子看里面，是空荡荡的房间。只是靠墙的位置的确摆着一张椅子，那椅子上也的确放着一包针线盒以及旧的衣裳。看样子主人刚巧抽身去忙什么事情。

肖龙不知道要不要顺着旁边的门进去看一眼，弄清楚这儿的主人到底是谁。可是弄清楚了又有什么意思呢，如今这样的身份！他干脆站着不动吧。打定这个主意，便靠着墙角眼睛盯着房间，耐心地等着那位主人回来。

啊，她们回来了。果然是姚青青和她的母亲。她们相互搀扶着走，像是都受了什么伤，两个人的脚都在打颤，尤其姚青青的母亲，她几乎是被女儿拖着往椅子上挪。“陌生的院子住着熟悉的人。”这个想法冲到肖龙的脑海，使他内心飘荡着一股荒凉味道。

“您想喝点什么？”姚青青说。

“天杀的！”母亲拍腿骂道。她并不是骂自己的女儿，因为那双眼睛望向女儿充满了慈爱，甚至有某种歉疚的意味。

“您消一消气。”姚青青一瘸一拐地走到里边的房间，端来一碗水递给母亲。

她什么时候弄成这个样子的？肖龙心里问了一句，竟然有点心疼。不过这种心疼很快就被理智压下去了。“活该。”他又赌气地想。

“去拿我的哨子来。”母亲指了指里边的房间。

姚青青迅速取了一只盒子出来。

“我怕是活不长了。”母亲说。

姚青青听到这句话情绪失控地跪在地上，用像是请求似的语气说：“妈妈，您一定长命百岁，不要说晦气的话。”

“嗨。我的儿。”母亲脸色柔和，有许多话想安慰她的女儿但是停住没有说。她打开盒子，从里面取出一只白色的口哨。这玩意儿应该是孩童做游戏用的，一个这么大年岁的人，收它有什么用。肖龙觉着好笑。

“你一定要收好它。会有用的。”母亲将哨子递到女儿手中。

姚青青竟然也小心翼翼地将这只哨子接过来，看那脸上的小心，还以为她接的是件了不得的传家之宝。

母女二人在椅子上坐了一会儿，姚青青将母亲搀扶到里边的房间，自己又回来蹲在椅子上打盹。她像是在等什么人。

“哼，反正不是我。”肖龙心里有说不清的愁闷。

就在肖龙想离开又拿不好主意之际，里面的房间传出一声响动，是刀具之类的东西掉到地面的声音。姚青青两步就冲进了卧室，接着传来她颤抖的呼喊——妈妈！

肖龙顺着窗子立刻走到卧室的窗口。里面没有开灯，但是旁边屋子的灯光照在这间卧室的门口，所以屋里也并没有那么黑暗。姚青青抱着母亲蹲在床脚。看样子刚才那个响动不仅是刀具掉到地上，同时也是姚青青的母亲从床上摔下来了。

“妈妈，您为什么要这样做？”姚青青没有流泪，大概事情发生得太急了，太悲伤了，眼泪反而出不来。

母亲奄奄一息，但看上去竟然很轻松的样子。她的手软弱地握着姚青青的手，相当吃力地说：“妈妈不想再拖累你。我是救不活的了，你不要找医生来看我，你救了这一次，也救不了下一次，啊，这种日子我不想过了。我只劝你，往后不要再去那儿。姓于的小子不可靠，那些钱对我也没什么大用。我的病是医不好的……”就这样，她像是完成了一件心满意足的事情，闭上了眼睛。

姚青青蹲在地上，坐了很长时间，握着她母亲那双已经不再流血的手。她原本很悲伤，但很快那悲伤的神色不见了，她仅仅是坐在那里。

“都这个年岁了，还……”肖龙想说点什么话，心里揪成一团，没有力气多想。他对姚青青深厚的感情又爆发了。

然而院门口来了三个人，气冲冲地砸门而入。三个人极快地走到姚青青的房间。

“说好半个月就搬走，这都一个月了。你想出尔反尔吗？”领头的人气势汹汹地说。

“马老板，您看到了，我妈妈死了。您再给我几天时间。”姚青青蹲在地上说。

马老板不说话，转个身表示自己冷硬的态度。

“去年您已经拆了我的房子。这个破院子是我和母亲刚刚搭建起来，只要您答应我母亲之前说的条件，我立刻就搬走。”姚青青这回站起身，走到马老板跟前说。

“要按照原来的面积给你安排房子？哼，你一个人住得过来吗？贪得无厌！贪得无厌！”

姚青青脸上一笑，也冷哼一声，重新坐回母亲身边。

“强盗！”她说。

“青青，你不要用这种语气跟马老板说话。”

这声音居然是于树强的。肖龙先前只顾着听马老板说话，没有仔细观察他身边的两个人。

姚青青抬起眼睛，盯住这个凑近她的人。于树强似乎也被这冷傲的气势击退了，缓慢退到一边，看到马老板转身的一刻才摆开笑脸。这种待人的本事对于树强来说是得心应手的。只要他愿意，现在就可以挑起事端。

“房子反正也该换了。”于树强又说。

姚青青不动声色地坐了一会儿，从地上捡起刀具，握在手中。那三人竟然胆小如鼠，逃窜而去。先前砸门而入的勇气一点不剩。

“好啦，游戏结束了。”母亲突然从地上爬起，姚青青也起身拍拍屁股上的灰尘，二人也不再一瘸一拐，利索地走到有灯光的那间房子。

“别想啦，傻子。”

姚青青是在对他说话吗？从前她就是用这种语气跟他讲话的。

肖龙不由自主地走到门边，竟然直接走到母女二人身边。这种举动简直不像是自己的本意。他心里吓得不行，因为即便成了现在这种身份和处境，他也经不住姚青青的一声呼唤。

姚青青的母亲笑眯眯地装好一袋草烟，然后将烟枪熟练地叼在嘴上。

“都是一家人，不要客气。”她对肖龙说。

肖龙偷偷盯着老人的手腕，刚才那只手还在流血，这会儿却看不见一点受伤的痕迹。难道刚才真的是母女二人的演戏吗？可他亲眼看见刀上的血和手腕的伤口。

“嗨！”姚青青喊醒他。

肖龙转眼看看这个美丽的女人，话停在嘴边。如果趁这个气氛问一些事情再好不过了，可经过先前的奔波，眼睛干涩，感到困顿。

他被扶进旁边的卧室。在迷迷糊糊的观察中，或者是，在潜意识中，他觉得这间屋子就是从前和姚青青的房间——只要他们一道回来，就暂住在这个房间里。

姚青青没有立即离开房间，而是像从前肖龙喝醉酒一样，在角落的一张椅子上坐着，靠在那儿守护着。这种景象很能勾起人的感情，所以肖龙即使在迷糊的状态还轻声喊了一声姚青青的名字。

到半夜，院中刮起一阵强风。肖龙正是被风吹醒的。他奇怪自己为什么不是在房间里躺着，而是站在一处孤绝的悬崖口。并且就在他的眼前，悬崖的下方，姚青青像皮带猴一样挂在那棵树上。

“你在做什么！”

肖龙吓得想往前扑，但是太远了。他够不着。

“你有什么事上来好好说。”

他简直是恳求的语气，以为姚青青因为内疚而想不开。直到现在，他才肯定自己对姚青青的感情并非想的那么洒脱，他是不可能断得了这份心思，更不愿眼睁睁望着她跳下去。现在别说姚青青没有怀他的孩子，即使她真的嫁给了于树强，他也不恨她，只要这个女人伸手抓住旁边的石头，攀着它走上来，那么一切都好商量。

然而姚青青没有听他的话。她松开手从树上掉下去了。肖龙心中不是滋味，双手抱头蹲在地上。

不过，姚青青竟神奇地从另一边的坡路上走了上来。

“看来你对我还算是真心的。”她抿嘴笑着。

肖龙头上冒着汗，心中又恨又喜，说不好什么滋味，索性跑过去将她推了一下，又伸手将她抓住。

“疯子啊？”他吼叫。

二人坐下来休息，逐渐平复心情。

“我怎么会在这儿？”肖龙问姚青青。

她没有回答，像是坐够了，起身往家走。他们又回到了那所院子。姚青青的母亲还在堂屋里坐着，她似乎没有一点困意，烟枪还叼在嘴上。

“现在你可以回去了。这只哨子，你揣好。”

姚青青从口袋里掏出先前母亲给她的那只口哨。

肖龙接在手中，觉着这玩意儿面熟，像是在哪儿见过，但又说不好这个想法。他对老妇人也有相似的亲切感，在他活着的时候，便因为姚青青的缘故跟着喊她“妈妈”，这在老家，还没有过门的妻子的母亲，顶多热情地称之为“伯母”。总之这份心情，实在没办法研究。

老妇人对女儿下的逐客令没有干涉。而从前，她是必然要说两句阻拦的话，让肖龙尽可能在这里多留一会儿。她对肖龙的照顾简直像对待自己的亲生儿子。虽然她没有儿子，也不知道母亲们是怎么跟儿子相处，说什么样的话，用什么样的方式。反正，她怎样对待姚青青，就怎样对待肖龙。

姚青青对肖龙时冷时热。她有的时候像个孩子，说话莫名其妙，并且对母亲的态度也很反常，有时受到母亲的冷落，就会跑到肖龙面前冷言冷语地说：你才是她的儿子……我不是她的女儿……这个老女人！肖龙当然不能跟她计较，作为一个心理成熟的男人，他必定要包容这个小女人的坏脾气。

然而姚青青现在赶他走的样子有点奇怪，像是从此以后再也不与他联系似的，而且对母亲的眼色也很恐惧，之前的任性和叛逆没有了。

肖龙有点担心，但是，他似乎也没有理由留在这儿。难道要让姚青青跟着一个……

“都是一家人了。不用和我们客气。这个哨子你拿好，也许用得上。”老妇人声调温和，但同时也做出了要去房间休息的样子，冲肖龙点点头，然后真的站起身，向旁边的卧室走去。姚青青也跟着进去了。

肖龙从院子里出来。已经是后半夜了。

“这破玩意儿有啥用？”他一边嘟哝一边向郊区的方向走。这个时辰再去找那位陋巷中的朋友也不合适。快到郊区的路上，旁边的树林中传出响动，肖龙向来好奇心重，自然而然朝那个地方走。在一片杂乱石头的前方，亮着一把手电筒，电量不足了，光线昏黄。那人转过脸来，正好看见站在石头这边的肖龙。

“你来了。”他说。他竟然没有吃惊的神色，仿佛一早就知道肖龙会来。

肖龙听到声音立刻松了口气。这正是那位陋巷中的朋友。他在卖力地挖一个土坑，已经挖好了，里面放着一床裹着什么东西的竹凉席。

“你不用担心，以后谁也不会找到你了。”朋友说完，跳到坑里将席子掀开。

“没有比这儿更安全的。你又何必找那些人呢？他们都是靠不住的。”朋友再次提高声音说。

“田军。”他喊了这位朋友的名字，但说不出感谢的话。

“你不用跟我见外，都是朋友嘛。”田军放下锄头，然后将铲子拿起来，很快将土坑填平，并且在新土上面做了一番功夫，使人不容易发现这儿的迹象。

“我是说，这种事情应该让我的父母来操办。”

“嘿，我难道操办得不如你的意吗？看看那件衣服，还有帽子，还有新买的牛仔裤以及鞋子，那些行头都是我平时舍不得穿的。如今全都埋在地下。我只是希望你哪怕这个样子了，也应该穿得体面点。如果换成别人，甚至包括你的父母，都未必有我这样细心。”

肖龙虽然很想让田军将自己藏起来，可是，他说得有道理，谁知道母亲什么时候才能赶到这儿。并且现在的面貌也不适宜给人看。就算母亲见了最后一面，也要想办法将他埋在这儿的某个地方。她是没有别的法子将他带回老家的。

田军收拾好工具准备回去了。忙了大半夜，身上全是泥土和草渣子。

“你最好坐到路边去，我估计你的母亲很快就来了，并且，一定会从那儿经过。”田军扛着装了工具的蛇皮袋子，指着树林外边那条不宽的土路。

“你不用猜测了。我当然知道。”田军看出肖龙的疑惑，平静地说了这句话，扛着东西走了。

这时候月亮出来了，上半夜还是黑沉沉的天空，此刻满空的星子，连云彩都能看清。天气的变化简直和肖龙的心情一样，从来没有这么感觉轻松和悠闲。烦恼解决了，只等着和母亲相见。

期萨老人从路那边走来，嘴里含着一只羊角口哨。它不是世面上随时见到的那种普通的哨子，木制品，一端刻着牛头，发出古怪的无法形容的神秘之音，它的响声带有闪动性，再配以期萨老人经验的吹奏和单手轻轻敲击羊皮口袋的动作，那混沌的神秘，让人干脆什么也辨不清了。肖龙完全能吸纳这种音调，并由此陷入美好的想象，仿佛突然看到了开满鲜花的青草地。

肖龙嘴角带笑，他很感动在这儿听到这种调子。

期萨老人是肖龙老家的一位可敬的长辈。

“您是稀客呀。”如果他能从哨声中清醒，是准备这样说的。可是，期萨老人眼尖手快，急忙伸手制止他。

“让你久等了。”老人说。

肖龙感到十分奇怪，因为他等的是自己的母亲，而不是他。

“哦，我在等我的妈妈，不知您是否在途中见到，或者听说她要到城里来看我？算时辰应该早来了，可我在这儿等了好久……”

期萨老人像是没有听见肖龙说话，不吱声，直接走到肖龙身边，靠着那儿的树桩子蹲下，将口哨又吹响。只有他才会吹奏羊角口哨，这是祖传继承而来，如今又是这样的高龄，就更加受到村民的羡慕和尊敬。只不过，肖龙清楚地知道，这种哨子一般都用在丧葬之中，在他的老家，这美妙音质能给活人享受同样也能给逝者安息。人们往往发现——是的，他们似乎看见——那些逝者的面孔会因为羊角口哨的响起而由先前经历死亡时留在脸上的不安转换成平静。

“我觉得您像是特意来接我的。”肖龙说。

期萨老人还是没有搭腔。

“那么，您是来这里看亲戚的。”

期萨老人点点头，又摇头。

肖龙以为老人耳力有问题，再说了一遍：“您一定是来城里看亲戚。”

老人从羊皮口袋里掏出一块荞饼，自己咬了一口，然后递给肖龙。“我来接你回家。”

肖龙将递来的荞饼挡回去，说：“我吃过了。您一定是搞错了，我在等我的妈妈，她可能已经快要走到这儿。我的朋友叮嘱我等在这条路上。我不清楚他怎么知道的，可是凭着某种直觉，我也觉得妈妈一定会从这条路进城。我现在甚至仿佛听见她的脚步声，过不了半个小时，她就走到这儿来了。”

期萨老人像是“哼”了一声，脸上有不高兴的神色，同时将那块荞饼再递过来，肖龙只好接来吃掉。但气氛一下陷入了僵局。两人谁也不说话。尤其是肖龙，他感到惭愧但又觉得自己并没有说错什么，可这毕竟是一位值得尊敬的老者，得罪他总不免心虚。

“你父母嘱托我来接你。我既然答应了，就得办到。”老人像是耗费了所有的耐力在说这句话。

肖龙一听是父母嘱托，不知道怎么回话。

“你父母搬到东面的山顶了，现在正忙着修房子，顾不上你呢。你自己回去肯定是找不着他们的。我敢保证你会在森林中迷路，一辈子都别想走出来。这就是他们派我来的原因。”

“他们为什么要搬到那么奇怪的地方？我们原来的村子就很好嘛。”

期萨老人不说话，但是朝什么地方招了一下手。实际上不是招手，而是抬手在摇一颗铃铛。

“这玩意儿有点眼熟啊。”他想拿来看看，但是老人避开了。

“田军。”老人喊了一声。

肖龙看见田军从路那头急匆匆跑来。真是令人吃惊，他们怎么会认识。

“期萨老爷，您久等了。”田军走近了说。

“你来做什么？”肖龙想不通，干了大半夜活，回去不到一小时，脸上却半分疲惫都没有了。

“我们走吧？”田军绕开肖龙的问题。

“你当然不知道啦，昨天晚上期萨老爷就来跟我说了，今天接我们回去。”

田军又继续说道：

“你父母修了很气派的房子，以后再也不用出来做活啦。来这之前我已经想好了，送你回到那儿才放心。”

肖龙不知道田军这个举动是什么意思，但是，他非常感动。“可是我在等我的妈妈。你也说了，她可能会从这里经过，并且快走到这儿来了。你忙了大半个晚上，该好好休息。你的心意我领了。”

“哎呀，你这么说简直把我当外人。自己人何必说这么见外的话？你妈妈从那边走过来，你从这边走过去，会遇上的。这儿就一条独路，难道还会走岔了？赶紧走吧。”

期萨老人满意地点头。他从羊皮口袋中又掏出一块荞饼，自己吃一口再递给田军。于是这二人都吃了期萨老人的荞饼。

天快亮了。三个人已经走了不短的路程。肖龙和田军一直落在后面，因为期萨老人走得太快。

前方亮着一支火把。

“我们要朝那儿走。”期萨老人说。

“好啊！”田军跳起来回答，他简直兴奋过度。

“不要乱说话！”期萨老人突然很严肃地制止，并同时蹲下，盘腿坐在一堆青草上。他没有要求这二人也蹲下来，但是田军和肖龙都不由自主地靠坐在一起。

羊角口哨又回到了期萨老人的嘴上，在优美的调子响起的时刻，那支原本隔得很远的火把竟然向他们这边移动，想来是举火把的人也受了这美好曲调的吸引。肖龙和田军几乎同时闭上了眼睛，曲子结束时还不肯睁眼，因为他们陷入了另一种引人的声调中，那就是，期萨老人在念一种祝词，并且是专门念给他们两个的——

太阳落山时，肖龙田军睡着了，阳光照不醒他们，鸟儿吵不醒他们；太阳上山时，引路的人来到了，肖龙影子跟他走，田军影子跟他走；月亮出来时，地上庄稼成熟了，穿过稻谷麦子地，穿过包谷荞籽地；月亮下山时，肖龙田军到家了，阿姆送来新衣裳，阿爸送来新鞋袜……

当听到这里的时候，田军忍不住大哭。他也说不清为什么要哭。期萨老人并未停下，他继续念：

平地平无踪，高山高无影，火把来照亮，荞籽来充饥；山间有青竹，连根拔一枝，肖龙影子跟我走，田军影子跟我走……

念到这儿声音小下去，他们听不清了。田军和肖龙想睁开眼睛，但是风呼呼吹着，眼皮没有丝毫想打开的意愿。他们同时感觉到有亮光在眼前晃动。

“你听到了什么？”

期萨老人轻轻晃一下肖龙的肩膀。

“那么，你听到了什么？”

期萨老人不等肖龙回答，又问田军。

他们同时摇头。谁也不敢说听见了父母悲切的哭喊。这是绝对不可能发生的事情。他们还在城郊，父母也不在身旁。

肖龙和田军睁开双眼，看见一支火把照在近处。旁边站着一位年迈的老婆婆，她双手颤抖，连脖子也控制不住地颤抖，用那双灰白的眼睛望着他们。

“过来。”她招手说。

肖龙坐着不动，田军却顺从地起身走到那边。

“你也来。”她再次跟肖龙说。

田军和肖龙并排站在她面前，各自接了一条递过来的湿答答的毛巾。等他们按照老婆婆的意思擦干净脸，还没有回过神来，头上就被簌簌地撒了几把荞籽。就在这一瞬间，他们感觉心情舒畅，仿佛立身于满是荞籽香气的土地上。肖龙隐约听到母亲在呼唤他的名字。田军也听到了同样来自母亲的声音。二人脸色平静带着笑意。

期萨老人再往他们头上撒了一把荞籽。两人便从好心境中脱离出来。老婆婆已经举着火把走了。

“她是谁？为什么要监督我们洗脸？我感觉那毛巾的味道真

不怎么好。”肖龙伸手摸一下脸，凑近鼻子闻闻。

“路上有路上的规矩。不用大惊小怪。”期萨老人说。

“你会见识到更奇怪的事，哈哈，等着慢慢享受吧。”田军简直像变了一个人，话多，并且对路上的事情充满期待。他是双脚跳起来说的。

前方大概有一汪水塘，肖龙听见两声羊叫。他走过去恰好遇上其中的一只，灰白色，像是受了伤，耳朵上沾着几滴血。“真可笑，我走到这儿来干什么。”肖龙随手抓起一根草朝那只灰白色的绵羊丢去：“回去吧，小畜生。”

“它是你的啦。你和田军一人一只。这是刚才那位老婆婆留给你们两个的。”期萨老人说。

“开玩笑吧？她送两只绵羊给我们干啥？”肖龙很惊讶。

“管这些做什么，送你就收下。说不定是你祖上给你的财产呢！”田军开着玩笑。他倒是想得开，对任何奇怪事情的发生都能接受。

“这太奇怪了。我可不想领它上路。这算什么事呀！你们看看，它的头上有明显的伤痕，另外，背似乎也有毛病。”肖龙一边说一边低头观察。

但是，期萨老人的意思不可违背，所以这两只绵羊顺利留在了肖龙和田军的身边。它们像是商量好的一样，始终跟在二人身后，像两个影子。

也就是因为这两只绵羊跟在身后，肖龙会时不时扭头观察后方，当然，他回头的目的是希望它们自己走丢，这样不至于在白天惹来外人的笑话——如果还能遇到什么人的话。可是这儿似乎什么人也遇不上。“简直是绝路！”他很不高兴地想。

田军和先前一样，神色轻松，而且看样子已经和那只绵羊建立了不浅的情谊。不知道他从哪里捡到一个大竹筐，绵羊走累的时候就让它蹲进筐子，背着走，肖龙在后面忍不住大笑。“我劝你还是放它下来，不然会被压扁的，会散架的，你这个小矮子。”

“你看不起我！”田军虽然呼哧呼哧喘气，但故意在原地转个圈，表示自己力大无穷。

期萨老人手里怎么冒出两根竹子，肖龙一点都不清楚。竹子已经编成四方形小盒子，一手托一个。他好像还在寻找什么东西。

“我们要抓紧时间找到一个山洞。”期萨老人终于开口了。

“您严肃起来像个山神。”又是田军轻快地接了话头。但是期萨老人对这类笑话不感兴趣。

这种地方像是有山洞的吗？连山也没有的地方哪里来的山洞。肖龙心里嘀咕。可是，眼前不是什么郊区，而是连绵起伏的小丘陵。只不过眼下他们还处于平坦地段，很快就会走进丘陵中的一条狭路上去。

“这是什么地方？”肖龙问。

“必经之路。”期萨老人看他听不明白，又说，“跟我走就对了，别的事不要你操心。”

肖龙想再说点什么，又实在开不了口。期萨老人的神色始终那么严肃，仿佛处于什么庄严的仪式中。

“我们将要翻过九座这样的山包……天哪！我的亲兄弟，你最好喂它几颗荞籽，不然要饿死了。”田军走过去摸了摸羊头，万分同情的样子。

“哪里有什么荞籽，瞎说。”

嘴上这样回答的肖龙，手却掏向自己的衣兜。当他触到那些颗粒物的时候，暗自吃了一惊，想不起这些荞籽怎么会在口袋里。绵羊似乎闻到了这种香气，靠到肖龙的脚边。

期萨老人已经走到满是蕨科植物的小路上，作为引路人，他相当负责地又吹响了口哨。大概是担心两个年轻人走在冷清的路上会感到孤独。尤其这个时候，天空只是一味地泛白。

可是肖龙对于再次响起的哨声已经找不到先前那种美好的感觉了。他的心情低落，加上这只莫名其妙属于他的绵羊总是在裤脚周围磨蹭，更加提不起精神。“真是要命了。”他想。

“去。”期萨老人走过来，分别向两只羊的脑袋轻微拍了拍。绵羊便围着肖龙和田军各自转了九圈。

“它疯了！”肖龙说。

“不！”田军兴奋地说。

然后，两只绵羊温顺地分别卧在他二人脚下。肖龙蹲下去，用手摸摸羊的脑袋。

期萨老人笑呵呵地摸着胡子，他对肖龙的表现很满意。“这才是你该做的。好好看住你的绵羊，它是通人性的，将来你就知道有它的好处了。”

肖龙不作声。不过，经过这段路程，他已接受了这只绵羊，就像生前接受那些为他安排的好的不好的事。尤其这个时候，他想起了姚青青，那个曾经提出要和他到乡下放羊的女人。她是那么喜欢羊，曾经也那么喜欢他。因此，当这只绵羊转几个圈累得趴在地上时，肖龙赶紧将它放到筐子里背起来。

翻过第八座山包，在第九座山的半腰上出现一个山洞。旁边一条溪水从山洞顶端淌下来，响声极大。期萨老人以飞快的速度向那儿跑去。田军也跟着跑。肖龙由于背着绵羊的缘故，步子过于沉重。

期萨老人把两只竹盒子摆在朝北的洞子边，并在它的周围撒下几颗荞籽。肖龙知道，这是老家举行丧葬时的一个环节：把人的灵魂安放在竹盒子里，等到一定的时候再将它送到该去的地方。

接下来，期萨老人用随身携带的碗，从外边取了溪水，用一把松针叶，朝田军和肖龙的脸上洒几滴，清凉的气味便瞬间包围了他们。跟着而来的是嗡嗡的祷词，肖龙和田军都听辨不出声音发自何处，可又不自主地愿意沉醉其中。这和羊角口哨一样有着强大的魔力。他们跟着念：

……山中好时日，荞籽会开花，游子跟我回。

说完这些祷词，二人睁开眼睛。期萨老人又从外面端了一碗水，洒在竹盒子的周围，像是给刚才撒下的荞籽浇灌。洞口的边缘，长着和荞麦一样的嫩苗。

“我感觉你以前就走过这条路啊？”肖龙问田军。但是他也只是随便问问，因为田军的老家和他不是一个方向，甚至可以说一个最南方，一个最北方，相距很远。

“不，我第一次走。”田军毫不犹豫地回答，不像在说谎。

“你家在北边，跟我不同路。”肖龙说。

“只要是你回家的路，就是我回家的路。”田军回答得莫名其妙，肖龙听不懂但懒得问。

从山洞出来，天已放亮，阳光落在肖龙和田军的脸上，二人同时感到眩晕。期萨老人递过来两片宽大的树叶，让他们举起来挡住脑门。

肖龙一门心思想着姚青青，事实上，他很想折回去将姚青青带在身边。但是，怎么可能。

当然了，他也十分牵挂自己的母亲。走了这么久的路，天都亮了，还不见母亲前来的踪影。难道还有别的路，是田军记错了吗？

就在他心里乱想的时候，母亲突然出现在前方。她早一眼看到了肖龙，小跑过来。

“妈，您辛苦……”肖龙奔上几步，两脚前倾，想跪下去和母亲说话。他心中翻江倒海，感到愧疚。然而母亲并不像自己想象的那么悲痛。

“哎，儿子啊，你可真让我伤心。”她向前扶起肖龙，不让他真的跪下去，然后才噙着泪水说：“田军已经跟我说了，你的事情他都处理好，不用我来操心。”

“可是你怎么会知道啊？你们互相也不认识。”肖龙想知道母亲是怎么获取这些消息的。并且，将他埋葬的事情才刚刚过去，田军把工具放回家之后立马就赶到这儿来了，不应该有时间做别的事。

“这你就不用管了。反正我已经知道啦。你现在跟期萨老爷走是对的，我虽然来接你，但中途还有些事情要做，你父亲脱不开身，他伤心过度，走不了这么远的路。我不能一直陪你回到家中。你要好好跟着田军和期萨老爷，千万别走散了。”

母亲的话让肖龙心头凉飕飕的，难道途中要办的事情比自己的儿子还重要吗？即便他不是经常回家，与父母相伴少，感情不那么深厚，可再怎么说，这骨肉之情是不可改变的。就在先前，他还感到十分愧疚，想起往后再也不能尽孝，让他们早早失去儿子，那羞愧的感觉便即刻侵袭。然而眼下母亲的表现让他疑惑，因为她眼中除了刚刚见面时闪过一点泪花，现在几乎看不到伤心的神色了。不仅如此，她仿佛终于有机会为自己办一点事情，或者干脆说，她终于能为自己活一回了，很久以前，她的确忙于家庭琐碎的事情，从来没有像今天这样出过远门，肖龙对母亲的过去也几乎不知道。因此，她悲伤的表象下无意间仿佛流露出了一点欣慰。肖龙宁愿自己是看错了。

“妈，您不要生我的气。”他以为是自己任性的结果使母亲故意说这些狠心的话，故意不陪他回去。他低头想了一想，也许母亲不是因为不伤心，而是太伤心，准备脱逃在半途做出绝望的事。说不定她的眼泪早就在来的路上流干了，一个女人失去了自己唯一的孩子，怎么能不痛心呢？

“您千万不要太伤心……”他想劝母亲，可是底气不足。

“儿子，我确实途中有事要做。你放心，我没有生你的气，况且往后的路，你想想啊，我们谁都陪不了你。就当早点适应这种日子，对你有好处。”她过来用手扫一扫肖龙衣服上的灰尘。

肖龙觉得自己的母亲总有点不对劲，因为她从前是那么温和，对他充满疼爱，平时如果自己的儿子即便生一场小病，她也会抹几次眼泪。现在出了这么大的事情，她倒不伤心了。看这表现，真令人不敢相信她失去了儿子，反倒会使人以为她脱去了大的麻烦和负担，她的神色免不掉显出轻松和克制的喜悦，仿佛过一会儿将有什么欢乐的聚会要参加。乡下时常搞一些聚会，一起喝酒，唱歌，聊庄稼或者谁的新闻。反正她现在的状态就是预备去参加那些聚会的状态。肖龙熟悉母亲聚会之前的神情，只不过现在她没有哼一支曲子。她克制着。然而这种喜悦越来越明显了，收不住了。他感到十分难过。可事实如此，她甚至还不如姚青青的母亲那么伤心。姚青青的母亲昨天晚上看到肖龙之后，还偷偷掉了眼泪，并且在她的眼中，肖龙突然看过去的时候，正好撞着那股悲伤，应该是眼下亲生母亲才会有的悲伤。

但他还是不能相信自己的猜测。

“走。我们走吧。路远得很呢！”母亲说。

四个人外加两只绵羊，走在了平坦的路上。翻过刚才那九座山之后，前方是一片平原，走起来似乎一点也不要力气，但可怕的是，前方没有显眼的标识，看不到尽头，两边的树木又差不多，让人摸不清自己走了多远的路，或者只是原地兜圈子。肖龙越走越烦躁，只有田军还和先前一样坦然。

“你怎么跟个死人似的！走不烦吗？”肖龙拿他出气。

田军嘿嘿笑两声，不回答。

两只绵羊跟到了期萨老人的脚前，它们现在因为路上吃不完的青草而精神很好。属于肖龙的那一只，先前的伤似乎都好了，毛色在阳光照射下油亮油亮的。

“牲畜就是比人恢复得快。”肖龙指着他的羊说。

“那当然啦。说不定它们还会突然间变成小羊呢！”田军不像是开玩笑，说得一本正经。然而那兴奋的样子未免过头了。肖龙嫌弃地瞪他一眼。

终于，在最远处的地方出现一个檐角。

“那儿有人住！”肖龙激动地说。他向前奔跑，属于他的羊也跟着跑。四个人全都跑起来了。

“早就应该这样啦！我们有什么看不开呢！”

“期萨老爷，您在说什么啊？”肖龙大声地问。

“啊！我说什么都不重要。重要的是你现在知道放开步子啦。从跟我走出来到现在，你还是第一次用这种速度赶路。这是对的。你做得非常好，一定要保持这样的速度。”

“期萨老爷，我听不懂您的话！”肖龙又是扯着嗓子喊。奔跑将他的情绪带起来，非常开心，为什么要开心说不清楚，反正他觉得心里很舒畅，仿佛前方有什么好的东西等着他，也或者是，前面那所房子属于他，所以他是四个人中跑得最快的。而先前他根本不可能超过期萨老人，眼下他简直是领路人。

他的母亲已经掉队了。扭头的时候，望见她的步子越来越小。

“我跟不上啦……”她在那儿声嘶力竭，这句话还是停下来喘口气才吼出来的。

“您找地方休息去吧！反正是同一条路，早一步晚一步都可以。”期萨老人说。

“对呀，您找地方休息去！”田军也这样说。

肖龙想收住脚步等一等母亲。可是他跑得太快，何况风太大，从来没有见过如此大的狂风，几乎是吹着他跑。

“我站不住脚啊！妈妈！我被风吹着跑！”他用无奈的语气喊。

母亲彻底坐在地上了。她可能抬头看了他们一眼，或者向他们挥了挥手，也有可能她什么都没干，只是坐下来喘口气，然而，没有人停得下脚步，自然就没人知道她的心情和举动。

三个在风里奔跑的人之后为了不被吹散，手牵着手。期萨老人甚至吹起了口哨。肖龙和田军哼出一支连自己都不清楚怎么会哼唱的曲子。

“我们像是在反抗老天爷！”田军大笑两声说。不过，他的笑声根本没机会传出来，被大风吹得堵在喉咙里了。他只是干巴巴地咳嗽两声。这句本来要有气势的话，没能吐得出来。

“要脚踏实地，步子不要飘，不然你会摔倒的。”期萨老人提醒他们。

“我站不住脚。”肖龙越来越觉得大风要将自己抬起来了。他本来还想照顾一下母亲，此刻完全自身难保，当他回头看身后，那儿已没有母亲的影子，便发泄似的随口吼了一声。还好，期萨老人拽住了他的胳膊，另一边的胳膊在田军的手里。有了这两股力量，他才勉强能感觉到地上的草从脚踝刷过去。

可是他怎么也不能把母亲丢在半道上。作为一个儿子，这是大逆不道的。

“我要回去！”他想甩开期萨老人和田军的手。

可是两边的力量来得更大，他被直接架着走。那二人也因为风大的缘故，任何声音都发不出。并且他们也都闭着眼睛，怕风吹坏了眼睛。所以肖龙做着什么，说了什么，估计他们都听不着看不见。

肖龙的耳朵里充满了风声，眼睛也看不清东西了。“妈妈。”他小声地喊一句。

“快闭上你的眼睛。不然要瞎掉。”期萨老人说。

“我想回去看我妈妈，她肯定还等在那儿。”肖龙以祈求的声调说。

“傻瓜，你妈早就说啦，她会在半道上离开。”田军抢着回答。

这些话虽然提醒了肖龙，但是，他坚定那不是母亲的意思。是风太大。是意外。

风慢慢小下去，仿佛它先前的到来只是为了让肖龙母子分离。

先前所见的檐角已经完全可以看到整座房子的架构。再往前几步便到了门口。它高得有点吓人，站在底下几乎看不到顶。

房内场地很宽，地面铺满了竹席，放着旧衣物和花盆。肖龙提起席子的一角，看到地上的青苔。也就是说，这些东西是刚刚铺在这儿的。

期萨老人自己找了一处空当的席面坐上去。田军也毫不客气，往一只空着的花盆上一坐，悠闲地拍拍腿上的灰土。

房顶有几个小孔，阳光从那儿漏下来，正好有一束落在肖龙的脚背上。他往后缩一缩脚说，“这里没有人住吗？”他是自己跟自己说话，然后直接走到房子的另一端去查看情况。

这儿的确不像是有人住。四处找了个遍，也看不见人影。墙角和柱子上结满了蜘蛛网。吸引人的无非就是窗外那一块红薯地。按理说这个时节红薯已经收完了，可是地里竟然还是绿葱葱的，其中的野花也高高地开在绿藤的上空，让肖龙无法确信自己是处于寒冷的冬季。他有意地哈一口气，盯着从嘴里喷出的雾。

田军不知什么时候跑进地里，刨出一个半大的红薯从窗口递给肖龙。

“吃呀，你难道不饿吗？”

肖龙确实不饿。何况他从来没有生吃红薯的习惯。

期萨老人出现在地里，倒是让他们谁也想不通。更让人想不通的是，这个老人此刻正在干一件没有道理的事。他在疯狂地拔掉那些红薯藤子，然后用不知从哪儿得来的锄头胡乱地挖，恨不得将所有的红薯都翻出地面或者直接挖碎在土里。反正，翻出地面的红薯大多是半截的，露着白色的肉。红薯藤子乱糟糟地纠缠着铺在地面，有时甚至绊倒了期萨老人。所以，一刻钟之后，期萨老人已经像个泥人了。他又累又躁。

肖龙和田军原先还很吃惊，看到他那副模样竟然忍不住哈哈大笑。

“谁惹他了？”肖龙说。

“都是没有人要的东西，留着干嘛？”田军突然一脸严肃，而且莫名其妙的回答也让肖龙听不懂。

实际上，田军自己也搞不清为什么会是这样一个回答。他原本想说的是：不知道期萨老人为什么要这么干。

两人这样一番对答之后谁也没心思笑了，只是呆呆地望着地里那个疯狂的人，他以极快的速度摧毁着地面的庄稼，似乎还想把土地也摧毁了。不过，即便他是期萨老人——一个身份尊贵的老者，也别想真正地摧毁什么。“他能摧毁的是什么呢？在摧毁什么呢？”肖龙这样想了想，觉得有点悲伤。

两人同时转身回到铺了席子的空地上。刚一走出拐角，望见期萨老人盘腿蹲在竹席上，衣服很干净，脚底却还沾着泥巴。

“过来坐好。”他说。

肖龙觉着，老人的声音中有悲伤的气味。所以他的脚步放得很快但很轻。

“您为何要拔掉那些红薯？说不定这房子的主人很快就来了。他不会轻易放我们走。”田军沉不住气了。

“放心吧，他回不来的。这些东西留着也没用。”

“哎，我感觉那片红薯是您的。”肖龙接了期萨老人的话。

“那怎么可能是我的。那是你的。”期萨老人的声音像喝醉了一样。

“现在你们最好爬到房顶上，我们在这儿要呆上整整一天。不要问原因，我没有那么多话来回答。在这段时间内你俩哪儿都去不了。如果你们想尽快回到家的话，最好按照我说的做。”

期萨老人的命令谁也不敢违背。

两人不知怎么用的力气，反正转眼的工夫，他们已经蹲在房顶了。

“真是见鬼了。”田军说。

“你一直就见着鬼。”肖龙说。

“有病！让我坐在房顶上干什么！越来越搞不懂这个老头儿的想法。”田军往底下瞅了一眼。

“也许我们在那儿打扰他的清静。就是这个原因。”

期萨老人蹲在席子上，现在他蹲在那儿的位置又低又远，像一只无处可去的鸟。

“他能带我们去哪儿？”田军的怀疑直接说了出来。

肖龙听完眼睛直冲冲地望着他。

“难道你真的指望他带你回去吗？来的时候我已经想好了，这个老家伙，他很可能将你抛在途中，事实上你也看到啦，哎，神仙也有打瞌睡的事，瞧他先前那失控的样子！单凭这一点，你不怀疑吗？他是随心所欲的，像老天爷那样随心所欲。不过你放心啦，我会带你回去。有时候，你相信一个德高望重的人，不如相信一个交情不深的朋友。难道你在城里没有这样的体会吗？”

“他的哨子吹得很好。”

“哼，我也可以。不信你把哨子给我。”田军把手伸到肖龙眼前。

“见鬼的。”肖龙在心底叫了一声苦。他怎么知道自己衣兜里揣着一只口哨？接下来，在自己也搞不清什么原因的状态下，简直是用毕恭毕敬的姿态将哨子递到田军手中。他可从没有这样对待任何人。然而，田军的确对自己深有照顾，简直和亲兄弟一样。但不管怎么说，田军的转变也实在让人摸不清门路。他明明是和期萨老人走得很近，几乎让旁观者以为他们是亲戚呢。现在这样的说法算不算挑拨？

“你在猜疑我。”田军说。

肖龙不知道怎么又被看穿了，一脸的尴尬，倒是没有低声下气解释。

“我知道你在想什么。不过，你最好选择相信我。你不信？哼，等一下，他会让我们从这儿跳下去。你跳吗？”

肖龙坚决地摇头。

“那就好。我现在准备睡一小觉，趁他也在底下打瞌睡。然后，我们再想办法，总不至于让人牵着走吧！”他说完顺手又将哨子递了回来。

肖龙一个人蹲在一边，吹着风。他不太明白同伴的话，为何这个人突然有了猜疑——他不是一路上很开心吗？——眼下看上去跟失去自由的人一样，非得摆脱某种掌控。他低头看了看，期萨老人没有打瞌睡，而是在原地转圈子，两只羊也在转圈子。期萨老人蹲下的时候，两只羊也温顺地放低前蹄，半跪在地上。

“你还有什么事要问？”

期萨老人的声音传到肖龙耳朵里。他“啊”了一声，不确定这个问话是给自己还是给别的人。

“我在问你话，张望什么！”

期萨老人的语气很严厉，眼睛也抬起来望着头顶，也就是肖龙和田军所处的房梁上方。这儿有一个小的刻意留出来的洞口恰好够期萨老人的目光穿过。他确定老人是在和自己说话，便清了清嗓子回答：“我听见您的话了。我没有什么要问。”

“你走了那么远的路，眼睁睁看我摧毁了你的土地，会没有什么话说？”

“没有。”

肖龙坚定地点点头。老人此刻状态十分挫败，语气从未有过的低三下四，仿佛干了一件吃力而又白费心思的事。照这种情况，田军说的话也不无道理，他可能真的随时会悄悄走掉，去哪儿透透气，或者干脆也像母亲那样，称途中有重要的事情。所以才会故意问那样一句奇怪的话，只要肖龙说话过火一点，他就可以正大光明地离开，将他甩在这条走不到头的路上。然而，何必找这些借口？他并不认识刚才那片土地。假如土地真是自己的，那么这所房子应该也是。他自嘲地“哼”了一声，因为就在这一瞬间，他想起了一点熟悉的景象，和眼前所见的事物有些相同，并因此张了张口，却又说不出根据。而期萨老人始终笑眯眯地看着。他感觉自己和地上的小虫子一样，有被一眼看穿的可怜和无知。

“我不可能有这样一个地方。如果有，为什么要去流浪？”他这样思考了一下。打探四周。这儿的风景真好。离开这里去外边受苦，不像是理智的人干得出来的。

“既然你没有话说，就从那儿跳下来吧！”

想不到期萨老人真的说了这句荒谬的话。田军的预料太准了。

肖龙往后缩了缩手，下意识抓住一把干草。

“不用怕，这儿跳下去一点都不高。”田军醒得相当及时，像是早已等着这个命令。低头看了看期萨老人，用温和得像对待亲爷爷的口气说：“您老人家往后退一点儿，我怕砸到您。”

老人往后退一步。

就在肖龙还处于混沌状态，田军已把自己狠狠地砸到底下去了。他决绝的表现让老人十分满意。

“送死的。”肖龙在房顶往下喊，感到恐惧和悲伤。就在悲伤和恐惧的瞬间，他头脑发热似的，也顺着田军往下跳的位置走。

“跳。跳啊！”

“你做得对！”

底下传来田军和期萨老人的声音，他们眼巴巴地抬头望着，像两只蛤蟆也像两个骗子——肖龙发现他们不知出于什么原因，居然半跪着。期萨老人原本用来超度灵魂的口哨此刻只是吹着短促而游戏般普通的响音，另一人则十分配合地比画着，希望房顶上的人按照这个手势快速地别浪费心情抓紧时间跳下来。反正，他们毫不隐藏地在祈求一场悲剧的发生。

肖龙往下坠落，在挨着地面的那一段距离瞟着了两人脸上诡异的狂喜。尤其是期萨老人，他向来以慈悲之心得到村民的敬爱，可眼下他脸上的狂喜之色竟有着几分魔鬼般的邪气。难道这人本身的面目就是如此，只是善于隐藏，人们才看不出这可怕的一面？肖龙感觉自己全身抽动，像是被人从上面推下来，并在推的过程中打了他一拳，腰上鼓着一个难以相信的包，摸着像一个大号的血泡。

这怎么可能呢——他刚刚一个人站在房顶上，跳不跳完全是自己掌控。然而他就是鬼使神差地跳下来了。他这种样子不应该还有疼痛。但是谁知道呀，他第一次死，从前也没有死过，没有验证这种伤痛是哪一边带来的。带着这股巨大的隐痛，他脸色难看地从地上爬起来站到席子中央，望着期萨老人和田军看完热闹后逐渐冷却的狂喜之后冷冰冰的脸。

“你现在应该有话说了。”老人很有把握地蹲下来，等着肖龙的话。

然而连肖龙自己都不知为何会突然走到田军的身边，拿起一块砖头朝对方头上猛地敲去。田军“啊”了一声，嘴里叫道：“你有病啊？自找麻烦！”然后，更加莫名的事情又发生了，对着这位一直怀有感激之心的同伴的脸，肖龙狠狠吐了一口口水。这种只有女人才干的事情发生在自己身上，让人不可思议。他控制不了的笑声从嘴里跑出来，绕着期萨老人走一圈之后，像得了软骨病似的，倒在地上两眼发黑。他意识到自己可能生病了。只有在这种怪病下才可能导致神经错乱，认不清人。不过，他却明显地感觉到田军走近身边，脸上摆着十分奇怪的神色。他大概被砖头砸晕了。肖龙很抱歉地猜想。田军走到他面前说：“我对不起你，哎，我的亲兄弟！……我应该早点告诉你老于的手段，他拿走了你所有的钱——你的命啊！可是你们那么好，好得像亲兄弟。昨天晚上姚青青跳崖了，这倒好，路上有伴了。现在我只好一个人来送你，因为那帮人都忙着喝酒呢！期萨老爷是靠不住的，你一定要相信我，世上没有绝对的好人。”

世上没有绝对的好人——肖龙回想这句话。至于姚青青，他自己也搞不清为什么听了这个消息这么平静，仿佛他不是现在才知道这个事情，而是昨天晚上就知道并且看见，还顺便在当时已经伤心完了。但话说回来，田军挨了一砖头，很可能在说胡话。

“你总算醒了！”

肖龙从地上爬起，望见田军头上没有伤痕，仅有几分焦急的眼神快速地照过来又很快收走。

“我们要赶路啦。”田军说着跑去牵那只属于自己的羊。

另一只羊等在门口，回头望着主人，它看上去越来越年轻的样子，简直有领头羊的风范。而肖龙，走不动路，记性也差，到目前还不很确定刚才是睡着了做梦还是真的发生了怪异的事。

他们从屋子里出来已是下午。踏出门槛的时候，肖龙不小心摔了一跤，膝盖上留着一条血迹。到半路，受伤的地方肿胀，像生了一颗大的瘤子。“我要放慢脚程。”他说。

傍晚就要来临，前边出现一条河，开着桃花的树站满了眼睛所能见到的河的两边。

“期萨老爷，您也觉察到奇怪了吧？大冬天的，桃花开得这么旺。”肖龙嘴上这么说，心里却很欢喜。他可一点也不觉着奇怪。

“瞎说八道……”田军伸脖子四处瞅，哪有什么桃花。

“太阳落得飞快，趁还有一点亮光，我们抓紧时间过那根独木桥。”期萨老人没有回应肖龙的话，他只关心眼前的困境。带着两个人和两只羊，队伍不大也不小。

“您的话就是命令吗！”肖龙跳起来说。

期萨老人没有料到这种情况。事实上肖龙自己也没有想到会这么说。他只感到胸中冒着一团火，并且火气像是克制很久，猛然蹿出来。

“您自己就像一尊泥菩萨！您是要逃跑的！像我的母亲一样，哈哈，都不是可靠的人！”他继续说。

“你终于有话说了。”期萨老人吃惊片刻，很快又恢复平静。像所有见过世面的老人那样，他淡定地笑笑，仿佛早有预料和准备，等待这场牢骚。他干脆自己坐到一棵桃树底下，看戏似的眯起双眼。

“您到底要把我带去哪儿？这不像是回家的路。”肖龙鼓足勇气，说了这句肚子里翻腾好几个时辰的话。

“我们要相信期萨老爷。不要多问。”田军急忙上前轻声提醒。他感觉到了气氛不对。

“这个胆小的、两面三刀的人！”肖龙心想。他鄙夷地斜了田军一眼，暗自猜测这个平白无故跟着他们、也没有多少交情的人，凭什么对他这么好，要一路护送他回家呢？如果他不是做了什么亏心事的话。

田军的行为的确让人生疑。在肖龙面前，他表现出勇士般的智慧，游说中途逃走，摆脱期萨老人的控制。他总是反复强调：天是会塌的。自从说破了这件事以后，他就神秘兮兮，一旦有机会和肖龙并肩走，立刻就凑到他的耳边说：“看清楚了吗？他除了故弄玄虚用大半辈子的力气吹那只破口哨，还有什么用处啊！你为什么跟在他的背后，从来不怀疑，从来不思考，也从来不提意见呢？走了这么远的路，始终无话可说，乖得像个孙子。这和你从前大不一样。那时候你多么自由，有脾气，有主见，有正义，当然也有邪气。总之，比现在强。你自从跟他走上这条路，就再也不是从前那个样子。难道你真以为自己死了吗？难道你真的相信自己死了吗？”说到这儿，田军恨铁不成钢的样子，使劲但有所顾虑地往地上跺一跺脚，又说：“真是个没有思考能力的人！”

肖龙听得目瞪口呆。感觉这些话不像是出自田军之口。当他准备要回答什么，田军又缩回身子，重新摆起那张平静又神秘莫测的脸，贴心地走到期萨老人身边，将那只意外掉在地上的羊角口哨捡起来擦干净，再恭敬地跑到老人面前交还。

“没立场的！马屁精！”肖龙心里骂道。他决定任何情况下再也不轻信这棵墙头草的话。天知道他是不是受了谁的指使，故意打探他的心思。说实在的，他也真想摆脱这种三个人无聊的旅程。期萨老人最初给他的那种敬佩的好感已经减弱，大概因为摧毁了属于他的庄稼？假如那些庄稼真是自己的。最让他怀疑的是母亲掉队，期萨老人和田军并没有放慢脚步，跟他一起对抗那场狂风去解救可怜的母亲，而是趁着风色将他架着狂跑，让他和母亲的距离越拉越长。出自什么原因使他们这样做，就不得而知了。当然了，也许不用什么原因。

天黑尽了，所有的桃树都看不清了。肖龙心里充满了悲哀的情绪。身子下方是河水的响声，他已经抱在这根独木桥上，在期萨老人的指挥下，一点一点往前挪。

“你一定要相信我，不然掉下去就死无葬身之地啦！”期萨老人在后面重复着说。

“如果你想好了从这儿跳下去，有可能是另一条不同的路啊。难道我们不能喊一二三，然后一起跳下去吗？下面不一定是吞人的河水，说不定是宽敞的大道。”田军说。他就在前面，并且是退着爬，声音响在肖龙耳边。

期萨老人原先还在河的这头说话，再一听，却在河那边。

“您是飞过来的吧！”肖龙过了桥，走到老人身边。

这时，河岸边亮着一支火把，和上次见过的一样，逐步靠近他们，走到跟前才看清和上次的不同之处。这是一位年轻俊俏的妇人，穿着桃红色的衣裙，领口和袖口都缀着几片桃花。

田军和肖龙眼睛亮晶晶，顿时觉得，再没有比这个晚上更好的心情了。风微微吹起来，河水响着，打火把的人找了块干净的石头坐下。

“你为什么没有想姚青青了？”田军眼睛望着那妇人，问肖龙。

“姚青青是谁？为什么要想她。”肖龙心虚地避开妇人的眼睛，回答田军的话。他是咬着牙回答的。

“过来。”那妇人招一下手。

田军快速地跑过去了。

“你也来。”

肖龙这才得意地往前跨一大步。

女人从身后端出一个脸盆，捞起毛巾拧干了递给他们。“洗脸吧。”她说。

二人互相看一眼，不知道说什么好。这种遭遇已经是第二次。头上被撒了一把荞籽，田军颤抖几下，肖龙也感到十分冷。

这时候他总算想起了姚青青。想起姚青青的时候，他的眼睛直溜溜地不能控制地望着面前的妇人，越看越觉得眼熟……天哪，不是眼熟啊，这根本就是姚青青！并且他突然想起，上次让他们洗脸的老妇人，那面容和这张年轻的脸孔极其相似，难道那是姚青青的母亲？肖龙越想越肯定正是她母女二人。这么看来，姚青青对自己是有感情的。她们故意来这条路上送他。肖龙心里一热，望着妇人的眼睛突然滚出两滴泪水。

“青青。”他喊了一声，想走去牵她的手。

“你认错人了。”她冷冰冰地往后退，和上次那位老妇一样，让他们洗完脸，撒一把荞籽迅速就离开了。

“她是谁？”肖龙很不甘心，转身问期萨老人。

“过路的。”期萨老人回答。他刚刚闭着眼睛休息了一下。

“不，她是姚青青。”肖龙声音很小。他靠在一块凹进去的石头上。田军也坐在旁边，咬着一根草。

期萨老人到河边打了一碗水。接着，跟上回一样，用树叶蘸水朝肖龙他们的头上洒，然后也掏出一把荞籽，一半丢出去，一半埋起来。他又开始吹口哨了。这次的音调轻快悦耳，之后的祷词却让人悲伤：

熟人来相见啊，生人退三步，肖龙田军听我令，荞籽已开花，竹子已拔节，从今往后啊，地上再没有爱你的人，爱你的人必须忘记你，地上再没有你的庄稼，你的庄稼是一片荒原，从今往后啊，月下再没有你的房子，你的黄牛要牵好，你的绵羊要看牢，从今往后啊，月光才是你的草场和住所，月光才是你的粮食和庄稼，月光才是你的眼睛和心灵。脱下你的包袱啊，脱下你的包袱，世间没有人啊，世间只有尘土……

肖龙难听的哭声嘶吼着放响，比河水的响声大几倍。田军却哈哈大笑，像是在说着什么胡话：我要保持对所有东西的怀疑，包括死——这件事……我清醒地认为这不是一条绝路，它经过老年（那老妇人）、中年（那年轻的妇人），然后，我敢预测并肯定，将走进最好的少年时期。来来，我们来打赌（他拽着肖龙的衣袖晃几下），是这些环节要创造一个全新的人。我就是这个幸运儿，最幸运的人类……逃避是最好的重生！

肖龙被这些胡话搅清醒了，抬起袖子擦干眼泪。“你在说什么鬼话？”他抓住激动得像演说家似的田军。

田军一脸茫然：“我什么都没有说啊！你这个人，喜欢无中生有？”

肖龙吃力地蹲下来，他没有力气追问这个神经兮兮的人了。好在期萨老人正巧要他在这儿休息片刻，他和田军去哪儿找点吃的东西。二人离开后，肖龙突然听见了于树强的声音，那个阴险的朋友，怎么会出现在这儿？他急忙从地上站起来，下意识摸了一块石头握在手里。

“好久不见啊！”肖龙听到的是这种热情过分但丝毫感受不到真情的问候。

“你来做什么？”肖龙没有一点好心情，想说又不想说的语气。

“我帮你讨回了那些钱。现在把它们背来还给你。一分未动，你数数。”他很自豪地解下腰上的布袋，从里面掏出很多钱晃一晃，再装回袋子递过去。可能是一路跑来，鞋子都穿破了。肖龙这才注意到于树强手中的电筒，那一团聚焦的白光正落在露出来的脚趾上。其中一个指头在流血。这副狼狈的样子特别招人感动。

“我要的不是钱。”肖龙说。他想表示，自己看重的是朋友间的情义。他曾去找他的最大理由不是要钱，而是，他感到孤独，突然的死亡对一个上一秒还活着并且死后依然还有记忆的人来说，十分痛苦和不习惯。

“我知道。你感到孤独嘛。所以我尽快赶到这儿来陪你。来送你一程。”于树强做出一个笑脸。他们点燃了一支火把。

肖龙想到姚青青那张可怜的面孔。不知道为什么，她突然出现在脑海。

“你把姚青青害了。”肖龙自己也不知道为什么说这句话。

于树强微微怔了一下，摆出笑容回答：“你说反了，是姚青青害了我。”

肖龙不想听他解释，扭开脸。

“前天晚上我偷偷潜进姚青青家，把属于你的钱全部偷出来了。作为朋友，这是唯一能为你做的。”他说得那么诚恳。

肖龙将信将疑，回忆前天晚上，他在姚青青家里看到的一切。于树强分明是带着一伙人去拆姚青青的房子，还准备将母女二人赶出门。“一定是做了亏心事。”肖龙恨不得把这句话说出口。像于树强这种一边做亏心事一边到寺庙烧香拜佛的人，到处都有。那么此刻他来的目的大约和寺庙烧香的差不多。毕竟抢了自己朋友的妻子，想再独吞这笔钱，不能说得过去，按照他贪财的本性，绝对是做了几个噩梦之后才咬牙拿钱追过来的。

“田军说，姚青青已经坠崖死了。”肖龙故意说起这个事情。作为姚青青的新欢——当然，于树强并不承认自己和姚青青相好——难道不该有点悲伤的神情吗?

“瞎说，姚青青活得好好的，我来的时候还经过她的院门，她们母女二人在院坝里做针线活。”

肖龙听他说得这么仔细，不知道该相信谁。

“既然你不信我的，那就不多说。我走了。”于树强抓起火把，往河的那边走。

肖龙不知怎么，也跟了过去。但他不确定自己是不是真的跟过去，因为分明还感觉到靠着那块凹进去的石头，那硌人的微痛还在背上隐隐发作，只要他左右晃一下，疼痛就十分明显。然而他也的确感觉自己再一次踏上独木桥，并且这次过桥丝毫不费工夫。只不过，他随手拿着的布袋掉下去，让河水冲走了。他的脚步始终不如于树强快，等赶到对岸，人已经看不到影子。正要转身，听见草丛那边传来说话声和响动，是熟悉的姚青青的声音，当然，还有于树强，他似乎在一棵树上拍了一掌，正为什么事情生气。肖龙伸头往那儿一看，看见了田军，他正在说话："我现在和他走在一条路上。我们有共同的领路人。看到了吗？那个白胡子老头。"

肖龙顺手看过去，那儿的确立着一个背影，是期萨老人。让他吃惊的是，自己的母亲居然也坐在那儿，看起来她和姚青青还挺熟悉的。

"我听说您母亲对我的儿子很好。"她偏着头，小心翼翼地问姚青青。

"是的，简直像对亲生儿子。"

"说不定就是亲生儿子呢！"

"您在说什么？这不是您该说的。一个外人！"

肖龙的母亲听到这话，脸色突然就变了。她从地上站起来，一把推倒姚青青。

"她才是外人！我养大的孩子，有什么不可说！想用你招他入门，想得真美啊！"

“不，我可没有这种心思，一点都没有！”姚青青从地上爬起来，毫不示弱地吼。

“哼，你这个别人捡来喂大的野丫头！你被那个女人教坏了，和她一样没良心，我儿子对你这么好。啊，天塌了，天塌了……我那不争气的儿子，他一定是瞎了眼睛，怎么摊上你们这一对吃人的货！”肖龙的母亲怒骂，脸扭得特别难看，是肖龙从来没有见过也不敢相信的暴怒和粗野。并且，她的力气简直太大了，姚青青也不弱，力道凶猛，像是经常打架的。二人又扭在一起，谁都没有讨着便宜，外人更是一步都靠近不得。

“妈妈。”肖龙跑过去拦架但是丝毫不管用，谁都没有注意他的到来，就连田军和期萨老人也像是没有看见他。那二人也不来劝架，抱着双手蹲在一边看热闹。

“我怀疑你们！……”肖龙跑到田军身边，只说了半句。他想说完的话被田军堵住了。当然，田军的话是反着说的，也没有针对眼前的事情说，他十分认真地在说别的看法，这些看法对肖龙十分诋毁和不利，也因此让肖龙感到气愤和惊恐。田军说肖龙没有死，因为死人是不可能有思想的。事实上，他们早就应该发觉，这个人从一开始就不承认这件事。这句话当然没有引起期萨老人的兴趣和重视。于是他又说，就算肖龙死了，那也是很可怕的事情，作为一个有思想的死者才可怕，因为他不再惧怕死亡而浑身充满可怖的战斗力，他的人死了，思想却活着，估计在不久的哪一天，还没有走到老家，他会突然起身反抗。这种迹象早已露出来了，就在他倒下又站起来四处去求助操办自己往后的出路那一刻，朋友们就应该意识到这个问题。而今后，如果他在期萨老人这儿的反抗成功，就会有很大一批人投入这种思想而参加战斗。他们会反抗所有早该反抗却在当时没有成功的事情。这些人会在肖龙这儿获得勇气。而眼下，期萨老人要特别警惕，肖龙肯定会首先反抗给他指路的人，这是逐渐明白的大事。凡是受到安排的有秩序的路，他都不会走。更何况，期萨老人当着他的面销毁了他在世上所有的一切，不，应该说，是仅有的一点东西——那片土地和房子，不不，并非是表面上看去的土地和房子，而是对他来说的某种可贵的价值，这些东西被摧毁了，难道不够挑起伤心吗？田军表示，他多次听到肖龙说要逃跑的反叛的话，要脱开期萨老人的控制。“他怀疑这条路不是回家的路，是夜长梦多的路，是没有尽头的路，是逼迫理想主义者走投无路的路。”他的话全是诚挚的蛊惑，说话音调又克制在好听的范围，于是，肖龙看到期萨老人点了点头，在思考什么。

世上最可信和最不可信的都是朋友。肖龙这样想了想，也干脆坐下来。现在是三个男人看两个女人打架——于树强不知道跑哪里去了。旁边是两只绵羊和两头黄牛。鬼知道那黄牛什么时候冒出来的。

“虚伪！”肖龙暗骂了田军，却找不着恰当的理由来反驳。他又偷偷地看了看期萨老人，这个德高望重的村民心中的神仙，竟然和一个刚认识两天的人搬弄是非，难道他不应该和他的先祖们一样，真正为人们做点事情吗？既然他被推举出来了，就应该有长者的风度和顾虑，而现在，蹲在这儿的人群中，他和一个普通的老头子有什么区别？

肖龙恨不得大哭一场，假如当初自己一直抱着坚定立场，那么现在走的路又是不一样的了。但是，谁会理解他这份心情并及时给他帮助呢！

当然了，他不能立刻站出来说话，只是感到悲哀。“我已经死了。”他这样想。这个念头很令人绝望。

“你有什么更好的办法吗？”期萨老人问田军。

想不到他竟然会有拿不定主意的时候，肖龙心里冷笑两声。这样说来，他也只是一个普通的老人，如果一定要说有什么本事，那就是拿起口哨的时候，他犹如神灵附体，而放下口哨，一旦坐在人群当中，那么他也仅仅是个凡人。眼下他的这种语气简直有点昏庸的味道。

“把他丢在这儿。凡是不听话的，有反叛之心的，你都把他们带到这里。当然你得安排像我这样的人驻守，我保证会使到这儿的每一个人都互相猜忌，一盘散沙。他们谁都不会怀疑这是设计好的。”田军说。

“哼，我听出味道了。你是要在这儿当老大。想不到你一个住在陋巷之中的人，一旦走了几千里路，就自以为长了见识。我觉得有反叛之心的是你。不孝的东西！我完全想起来了，你就是前两次我在这条路上遇到的那个人，你这次又换个面貌混在这儿。如果不是看在亲人一场，我早就把你赶走了。”

期萨老人最后说的话让肖龙听得一头雾水。

“爷爷，您为什么总是要拆穿我的好事？我好不容易才找到几个人，想让他们和我做个邻居，就住在前方那片草地上，您也见过了，那儿的风色不比老家差，我们为什么一定要和家族的人住在一起呢？我们住在那儿就能得到永久的安宁吗？您永远像个统治者，哎，您的哨子吹得真让人头疼。”

“是呀，我们住在那儿就能得到永久的安宁吗？”肖龙竟然脱口说了这句莫名其妙在心里翻滚的话。

期萨老人和田军同时抬起眼皮看向肖龙。

“你来得正好，我和期萨老爷找到吃的东西了。你不饿吗？”田军从口袋里摸出半块荞饼。肖龙也不客气，正准备转身把饼子递给母亲和姚青青，谁知道背后压根儿没人。先前看到的那片被压倒在地上的青草好好地站在那儿。“奇怪了……”他嘀咕。

“什么？”期萨老人随口说。

“我妈和姚青青呢？”

“别看了，都走啦。”田军朝远处指。

“这么快！”

“是你眼睛慢。”期萨老人说完，做出要赶路的样子。“牵好你们的黄牛。”他又补充道。

不用问，这牛一定是那位打火把来让他们洗脸的小妇人留下的。她可真是个好看的女人，连她送的牛都这么好看。肖龙和田军抢着去牵牛。他们握着牛绳的时候，以为握着姑娘的手呢。只是不知道为什么，牛非常瘦，几乎只剩骨架，两人放慢脚步，担心走快了牛会散架。

期萨老人又在前面吹口哨。祷词再次响起。两人有点害怕听它们，想捂紧耳朵或者干脆逃开，但是祷词字字清晰地钻进耳朵，让他们听得又羞愧又悔恨，更惊奇的是，那几个原本在城里的朋友居然全都出现在眼前，当然没有少得了于树强，围坐在一张简易旅行桌子边，他们喝醉了，脸色红彤彤，样子有点丑。他们看到了肖龙，但是都不上前相认和说话，就像看见的只是一个陌生人。

肖龙突然丢开缰绳。“我有打架的冲动。”他心里冒着这句话。难道他不应该去掀翻桌子吗？那些喝醉的脸上没有一丝失去好友的悲伤。于是，这个从前任何事情都冲在前头并因此吃了大亏的人，总算有机会为自己出一口气了。他走上去，照着那些醉脸上狠狠地出拳，然后掀翻了他们的桌子。

“恶霸！”于树强站起来还手，另外的那几个也站起来准备还手。事情就这样失去了控制，肖龙被狠狠地围殴一顿。“死不悔改！”他们齐声说。

姚青青竟然也在其中。她和于树强手牵着手。更让人吃惊的是，他的母亲竟然也在边上站着，她不但不上来帮助自己的儿子，反而挂着怨恨的神态眯着眼睛看他。

“自作自受。”他仿佛听到她说。

“妈妈！”他喊着眼泪迸了出来，委屈又疑惑，愤怒而绝望，从来没有想过母亲会这样对他。

“您……”他没有说得出来，一只鞋底盖住了他的嘴巴。

朋友们终于打累了。他们停下来哈哈大笑。那位桥洞中的朋友非常自豪地说，自己的鞋底昨天特意加了一块钢板。

“现在我们都不用怕他了。”平日交情最好的朋友说。

肖龙听不明白，自己为什么成了他们害怕的对象。

于树强也满肚子苦水要倒的样子，喘了口气说：“像他这种人，还盘算着影响我们的生活吗？我们根本不吃他这一套。借钱不还，赊酒请客，那一堆烂账全是我们几个还的。哼，现在还要纠缠我们，‘我感到孤独’。他准备用这个理由继续游荡在我们中间，并且挑拨我和姚青青。是他拆散我们，还倒打一耙。啊，更可怕的是，昨天晚上他跑到我家里，举着一支火把跟我说，姚青青已经死了，并且还用肯定的语气强调是我推姚青青掉下悬崖，之后我也不慎摔死。看看，你们也觉得好笑，难道我活生生站在这里却其实已经死了吗？有这种怪事吗！让你们想不到的还在后头呢，他竟然不承认自己已经死了。他说，之所以先前以为自己死了，是因为在城里住得太久，他时常躲在房间，除了会见我们再没有别的去处，并且由于他和我们经常喝醉，时常产生幻觉，认为自己每天拿钥匙开的不是一道门而是一块墓碑。是这种幻觉使他以为自己死了。还好现在，他说‘我没有比现在更像活着！’是那种扬眉吐气的味道。但是，不管怎么说，我把他赶走了，只恨他偷走了那些钱！并且将它们丢到河里，这个歹毒的人！他欠我们的钱永远都拿不回来啦。”

“是啊是啊，仁至义尽！仁至义尽！”他们又是齐声说。显得于树强说的话相当理直气壮，每个人对肖龙都抱有极大的怨恨。

“你们到底在说什么鬼话！”肖龙的声音很大，但是没有一个人搭腔。他又转头去看母亲，以怀着期盼和几分可怜的求救般的眼神。然而母亲冷眼旁观，一句话不说，最后看这些人不再说话也不再打架，就像看完热闹的人那样，丢掉手里拿着玩的一节草根，拍拍手走了。

“我早就跟你说了，世上没有绝对可信的人。我是你交情最浅的一个朋友，但你应该也觉察到，我们的性情几乎一样，差不多像同一个人。并且此刻，我们还站在同一条路上。”田军凑过来说。

“去和你爷爷站在一起，不要来打扰我的清静。”他在生气。

“我爷爷？”田军感到莫名其妙，皱着眉头看他一眼，就像看一个说胡话的酒鬼。

“你刚才喊他爷爷。你们的话我都听到了。”肖龙说。

“看来你的耳朵真的有问题。要说期萨老人是我爷爷，还不如说是你爷爷呢！”

“你才有问题。我早就跟你说了，我爷爷十几年前就去世了。”

“嘿，说不定那只口哨就是你爷爷在吹，而不是期萨老爷。难道你没听出来，每次他吹口哨的时候我们也同时听到了祷词，一个人有两张嘴吗？我说你失去了思考的能力，还不信。再说你已经很久没有见过爷爷，以你的眼力和记忆，他老成什么样子还认得出来吗？”

肖龙早就下决心不再相信田军的话。正要反驳，却看见姚青青的母亲站在前方，向他招手。姚青青似乎和母亲闹矛盾了，她母亲站在那儿她是看见了的，但是不过去说话，也没有表示高兴。她拉起于树强的手，直接绕道走开。另外几个朋友也跟在后面。

肖龙往前走几步，想去问候一声，对方却不等靠近，转身而去。

“走吧，人家又不是真的冲你招手。不要把好事都想在自家头上。”田军说。

肖龙不想走。他几步撵到姚青青和于树强后面，照着两人脑袋就是一棍。所有的朋友全都停下来，冷着脸看他。

“有什么可看！”他吼叫。

真奇怪，姚青青和于树强不但没有还手，还突然朝他跪下去磕了个头。他们刚才还振振有词，诬赖和诋毁，现在怎么这副模样！

“互不相欠了。”姚青青站起来，像是对他说也像是自言自语，她的眼睛昏昏的，像刚从梦里醒来。摸着正在往下流血的额头，她扶起于树强，两人歪歪倒倒朝前走。其余的朋友也不说话，各自叹了口气，跟着去了。

“这些人，不要和他们走得太近。奸诈，怕死，钻营，性情忽冷忽热。你对他们还有什么指望。现在和你走在同一条路上的只有我。我们才是一类的。”田军跟上来说。

肖龙看看田军，觉得这个人有更多的阴谋，但不知怎么搞的，他突然觉得田军越看越像自己，是的，就像平时在家中照镜子那样。难怪他总是说“我的亲兄弟啊！”这样的话。说不定眼前的不是什么田军，而是他自己。另一个自己。只有这个原因才会使他即便知道对方的缺点还一味地纵容，甚至某些时候，他故意挑起对方的反叛之心，就仿佛故意将自己潜意识里坚硬而坏的部分思想激发出来，令他很愿意看见田军——事实上是自己——和期萨老人出现矛盾，让他们走得很近但又互相猜忌。于是，他伸手去捉田军的手，想要证实自己的看法，然而……

然而田军不知去向。

“好，你终于看破了，醒过来了。”期萨老人的声音从前方折回来。原来他已经走到前面去，坐在一块石头上往后盯着。

“什么？”肖龙惊慌地问。

“你的那个影子——田军！”期萨老人冷笑一声，接着说，“现在你的心思终于回来了。这一路上你都是三心二意，恨不得脱身逃走。你总是不相信自己死了。事实上你根本没有确信这一点，在城里的时候，你想得到朋友帮助的不是将你藏起来，你也并非真的感到孤独，只是想听他们亲口说：你并没有死。但是一方面，你又觉得也许死了，因此你一会儿表现得相当软弱，恨不得躺在九层高的架子上长长地睡一觉，一会儿你又很纠结，甚至不惜跟我攀亲戚，虽然算起来你的确是我的孙子，可是我们已经很多年不说话，你根本不懂得怎样和老人相处，怎样恰当地讨好。你不会这么干，便使出坏心眼，你怀疑我。怀疑我带你回家的好心。我从前也遇到和你类似的人，他们全都在这条路上因此惹了麻烦。说起来，我是你们推举出来的，就一定要无条件相信，难道我会带你走很多弯路吗？我为你指引的路是最正确的。正因为这条路走得十分顺畅，你才没有对死这件事的恐慌。你甚至怀疑自己是活着的。你在对抗我认定的‘你已经死了’这件事。你多出的这些思想，全是因为我给你的正确的回家之路，你走得欢畅而没有痛苦，所以你才会无中生有，路太长又过于平坦，你要找点刺激，哪怕是在思想里给我制造一些麻烦。事情就是这样！你要当第一个清醒者，像所有的阴谋家那样，借机成为人类的勇士和英雄。你会告诉他们，既然这条路走起来这样平坦和欢畅，那么推举出的指路人是否还有必要，并且他是否指对了路，更重要的，到底这些人是真的死了还是受到某种蛊惑，因为在许多地方，人们的确时常出现幻觉，认为自己生不如死的大有人在，有的人跳楼，有的人跳水库，有的人爬到电杆上拉高压线，你都不认为这些人成功地死掉了，你认为他们个个活得好好的，只是由于他们心急，当听到‘你其实并没有活着’这样的话，他们就全盘相信和接受这个事实。是的，你一定会这么想。你似乎以为我——你们推举出来的‘神仙’，其实是个无用的老朽，浪费了多年粮食，还把这只神圣的口哨吹得肮脏，并且因为年岁大，调子也不那么悦耳。”

肖龙听后不作声，感到心里充满先前没有的冷静和理智。此刻期萨老人说的话并没有错。他正是这么想的。难道他不该这么想吗？世上没有一个人完全靠得住。人们互相欺诈，蒙骗，干着背信弃义的事。就在昨天晚上，他亲眼看到姚青青的母亲将一个婴儿丢在路边，像是一个村口的路边，他也不清楚自己怎么有本事看到这一切。姚青青的母亲假惺惺地哭一场便甩手离开了——这事情他一直瞒着期萨老人——她平时可是个慈祥的母亲，对他和姚青青都很好。现在他相信姚青青说的，她母亲有让人不能容忍的怪病，那就是每年的同一天，她都悄悄跑到那个地方丢一次婴儿。谁知道那些孩子是哪儿偷来扔的，姚青青说，当然了，也可能不是每次都有运气偷到一个婴儿，或许很多次她只是跑到那儿做做样子。但是每年都要去一次，哪怕两手空空，到那儿之后，她必然和前几次一样嚎啕大哭，就像有谁撕开了她的旧伤疤。昨晚那个婴儿估计也是哪里偷来的，她前脚一走，后面就有悲伤焦急的妇人寻来。真是可怕，连这样一位慈祥的老人都患有这种毛病，世上还有什么人可信呢？难怪姚青青坚持说自己就是其中一个被偷来的婴儿，并非亲生，只是不知出于什么原因，她突然被留下来当了女儿。根据她的猜测，那就是，母亲从前一定丢弃或者被人偷走了自己的孩子，才会由此留下这么一个“隐疾”。她每年去那儿一趟，像是丢弃的复演又像是一种寻找。而她对姚青青忽冷忽热，说明她内心矛盾，如果事情真是这样，那么她会时而觉得自己找回了过去丢失的孩子，时而又觉得那是找不回来的。不管出于什么原因，肖龙以为，她已经不是表面上看上去那么温和的母亲了，她像那枚月亮，有时圆满，有时不圆满。

“你没有什么话说吗？”期萨老人问。

“当然有。”肖龙说。他觉得自己能听见自己的声音，是的，这个语调和音色跟田军的一模一样。他没有为此吃惊，只试探性地问期萨老人关于田军的去处，得到的回答竟然与上次在陋巷中那位老者的答复一模一样：你都不知道，我怎么知道。

他隐约觉得世上也许根本没有田军这号人。一切都是幻觉。经过片刻追索，越加不敢确定从前的朋友当中有叫田军的，并且记不起他的相貌，仅仅怀着一股熟悉自己般的对他的熟悉。

“好，这才像你。跟先前不同了，一路上不安分，魂不守舍。”期萨老人说这句话倒是很干脆，语气也好听。

肖龙走上前去，赶着他的两头瘦牛和两只绵羊。现在这些牲畜全是他的了。“既然您要我说，那我就说了。”

期萨老人点头。

“我的确认为自己并没有死。您刚才说的全对。作为一个活生生的人，我有足够清醒的头脑怀疑这条路不是通向我熟悉的老家，即使它通向那里，也未必是您说的样子。我有预感它是破败不堪的，可能只是顶着一个和老家相同的地名。我说得不对吗？这种情况您完全有理由说是幻觉。然而事情不那么简单，就拿我曾经住在城里的朋友来说，他们每次回乡的感觉就是，那儿所有的一切都是陌生的，与印象中的老家不一样了。他们感到自己彻底失去了故乡。但是每一年，他们都不甘心地要重新接受一次这种回归的失望。而您眼下为我选择的这条回家的路，看上去像是通往世上最好村庄的路——对，我认为自己的老家是最好的——然而，我对此没有一点信心，即便你拿着一包荞籽，让这儿的野地开满了荞花，使人想象前方的美好。我估计您在做最后的努力，毕竟我们推崇您，让这种身份绑架的人很难再适应普通人的生活，如果这个时候放下口哨，走进人群中，那么，您会和那些征战沙场的将军一样，突然间没有一兵一卒，感到自己毫无用处，以为没有活着，怀着幽灵般的哀愁。这种情境下，您谁都救不了。您连自己都救不了。所以，事实上即使您知道那儿什么都没有，人到了那儿和在别的地方一样，也必须用自己的力量和惯有的口哨的魔力将人们带到那儿。您看得很通透：您要活着，还要活得更长久，只有这样，人们才能相信自己推崇的某种精神的存在。这一点他们很容易做到，因为人最擅长的就是自我催眠，即使知道方向可能有误，事情还有隐情，对于那儿的传说抱着多种猜疑，也会自食苦果，因为他们爱面子，害怕被耻笑，但是只要您一直在他们面前，这种担忧就会隐形。我们那儿的人自小就爱面子嘛。可是现在，走了大半的路程，我突然有了自己的想法。并且因为我在老家生活的时间不多，说起来根本也不像那个村子的人，那儿的人我也不太熟悉了，老的太老，认不清我，小的太小，我认不清。那么，这种情况下，我是否还有必要回去？那儿的亲人说不定早就不认识我啦。并且我在城里的生活习惯，已经跟他们无法融合，我的外地腔调，也绝不是他们能容忍的。您要知道，在很久以前，有一个爱美的少年因为染了头发回去，被自己的老爹剃了光头。‘你他妈的像一只鸟！看不顺眼！’他说。我现在非常清楚，自己的某些习惯，就是一只看不顺眼的鸟。”

期萨老人仔细听着，对肖龙故意停顿片刻想让他说话的意思不理会。

“总之，我很不想跟您走。”肖龙说。

期萨老人从石头上跳下来，找了一片干净的草地躺下。“你想见你的母亲？你怪我故意将她丢在途中。”他开口说，像是故意岔开话题。

“是，我的确这样肯定。”可其实，他不敢肯定这个想法。母亲对自己不像从前那么好了。她对久未见面的亲生儿子过于冷淡，眼神显得那么疲惫，仿佛看够了一般。

下半夜，他跟着期萨老人，就着几点星光赶路。他们仿佛听到了泉水的响声，但是走近才发现，在一棵树上挂着一小块薄膜，风吹着它。

牛已经走不动了。肖龙上前摸了摸牛的脖子。

“现在你承认它们对你很重要。这是你的财产了。”期萨老人说。

“我的绵羊也走不动了！”他更加悲伤地感叹。

期萨老人面无表情。可能还在生气。对于先前的谈话，他们各自保持意见，谁也说服不了谁。还好，他们并没有打算和对方分开。

“您还有多少荞籽？”肖龙的话带着请求的意味。他想用最好的粮食解决这些牲畜的困境。这儿越走越荒凉，几乎看不见几根青草。“照这样下去，它们会死掉。”

期萨老人在衣兜里抖擞半天，一粒荞籽也找不出来。

肖龙生气地原地转圈子，围着期萨老人走。他不明白这个蠢老头为什么将那些荞籽浪费在半途。“您让荞籽撒在后面有什么用？您让它开那么多花……无用的花！有什么用！”

“这是规矩。你年纪小，不懂。我总要栽一点什么东西在路上。难道栽刺比栽花好吗？说不定哪天你父母以及你的那些亲人和朋友就顺着这条开了荞花的路来看你。我这是为了你好。”

牛跪下双腿。羊也四肢着地。

“完了……”肖龙哽咽。他向来对金钱之物看不进眼，但从小就有放牧经历，很难看到这些活物受难会无动于衷，虽然先前很不情愿收留它们，甚至厌弃。

“起来吧。”清脆的声音响起。跪着的牛和绵羊像是受了这声音的惊吓，突然站了起来。说话的是一个七岁左右的女童，她手中拿着一只脸盆和提篼，以及刚刚熄灭不久的火把。这时候天已亮开，期萨老人和肖龙清楚地看着这位女童从油桐树背后走出来。这儿是大片的桐林，已经开花了。那么，看样子是初夏的节气。“转眼就是一辈子啊。”肖龙的书生病又犯了。

“您过来。”女童向肖龙招手。他还是头一次被称作“您”，受宠若惊，冲期萨老人笑了笑才走到女童身边。他似乎已经猜到这个孩子的来意。

“要我洗脸吗？”他问。路上经历两次，再见到拿着脸盆的人，他心里也猜得差不多。只是没想到这次来的是个娃娃，并且这娃娃竟然长得像一个熟人。他实在想不起具体像谁，也许是像姚青青吧。

女童果然打了一盆清水，由于年岁小，她也不太善于和大人讲话。等肖龙迅速洗完之后，她从提篼里翻出几块蒸好的饼和一包荞籽，递给期萨老人。

“您要的口粮。”她细声细气，双手奉上。

老人像是受供一般，没有亲自伸手去拿，而是让肖龙替他收下这些东西。接下来，他朝女童摆摆手，示意她可以离去。

“您可真像个菩萨。”肖龙看不惯期萨老人的态度。

“这些东西都是你的，难道我还需要接过来亲自转交吗？再走一个白天，你就到家了。”

肖龙看看远处，没有一丝熟悉景象，不知道这位此刻看上去神思昏庸的老者是不是在说胡话。他越来越虚弱的样子，真担心接下来要背他上路。

他操心的事情很快就发生了。期萨老人坚持了一会儿，突然倒在地上。“您这尊连自己都救不了的菩萨！”肖龙不禁埋怨。他费了很大工夫将老人扶上牛背。由于两头牛实在太瘦，又没什么力气，他只好和它们共同分担，牛背一会儿，他背一会儿。好不容易熬到太阳退下，换了几颗星子和不太亮眼的月亮铺在天空，才看到前面山坡下——终于看到山了——有一个刚刚搭建起来的草棚。这简直是救命的草棚。他朝那儿挪去。

棚子里住的不是别人，正是姚青青和于树强。他们似乎走了一程之后，决定在这里安家了。然而，不知怎么，他们似乎不认识肖龙了。

“姚青青！”肖龙用微弱的怒气喊出这个名字。这个人不理他。

“于树强！”又用更加微弱的怒气喊出这个名字。这个人同样也不理他。

他们根本看不见有人站在身边似的，互相说话，看上去情投意合，无聊而又相当甜蜜地谈论晚餐要不要加一个炒鸡蛋。这是多么琐碎的日子。肖龙又嫉妒又羡慕，又恨。这本该是他的日子。他们不仅背叛了他，还过得如此好。当然，他也不得不承认自己的疑惑，姚青青和于树强所表露的这种不经意的默契，像是好几年的夫妻了。那么，过去的一切都值得怀疑。但是他记不清也不想回忆。期萨老人说得对，受你诅咒的人未必不长寿，日子过得也不是你所诅咒的那么糟糕。就这么短短的一些时辰，肖龙觉得姚青青不仅变得好看了，脸上也总是笑嘻嘻的。他已经无法记得清这个女人跟着自己的时候，是不是也有这么好看的笑容。于树强当然像所有好男人那样，在说一些无关紧要却很讨女人欢心的话。

这个草棚实在容不下肖龙，容不下他的这支“破烂”队伍。他突然想起一句祷词：从今往后啊，地上再没有爱你的人，爱你的人必须忘记你……

他往旁边走。绕道走。

山上是一大片茂密的松林，那儿的杜鹃花开了。这个错乱的季节里胡乱开出来的一大片花，倒是让他的心情好了起来。再往上，一个幽闭的山坳里藏着一个村落。那儿似乎在过什么节日，火把亮堂堂的，有歌舞声传来。

这时候期萨老人醒了，他灵活地从牛背上跳下来。“我的任务完成了。”他说。十分悠闲。十分满意这次的旅途。

“什么？”

“剩下的路就要靠你自己走了。看到那块石头了吗？从它旁边绕过去，你就看到进村的路了。”期萨老人说。

肖龙原本想抱怨几句，因为这儿根本不是自己的老家！可期萨老人忙忙慌慌从羊皮口袋里掏出两只竹盒子——这本来是放在山洞的，不知怎么又带在身上——就地焚烧之后，匆匆地走了。在牛背上睡了一觉后，他此时精力充沛，步子极快，像逃跑似的。

“他一定是把我丢在这儿了！泥菩萨！伪君子！”肖龙在背后胡乱地咒骂。

绕过那块石头，眼前确实出现一条草路。

火把在向他靠近。人们喊着什么口号，陌生的听不太懂的方言，但让人隐约感觉熟悉，似乎以前在哪儿听过，也或者自己根本就会说同样的话。

一眨眼的工夫，人群拥到肖龙跟前了。人人脸上都漾着笑意，那激动的神色，似乎很久以前就在期盼这场见面。这让肖龙也不好意思板着面孔。

“您是哪个？”他上前问人群前边的那位老妇。

老妇激动得根本说不出话。“同宗的，同宗的。”有人替她回答了。老妇猛地点一下头，这才开口说：“我们早就接到你父母的信，说你会来这儿居住。”

“这不是我老家。”肖龙说。

“怎么不是！这儿才是你老家。但这有什么关系呢！你父母早晚也会来这儿住的！”老妇十分笨拙地将肖龙的牛绳子接过来，就像对待尊贵的客人，或者说，是对待久违的亲人，让开几步，让肖龙从她身前过去。仿佛她从前没有做过这种让步，这次是个特殊。人们也腾出了一条空道，站在路的两边，举着火把，像是某种仪式，因为肖龙从这些微笑的脸上捕捉到了似乎是早有经历的严肃的神态。也就是说，他们其实是被某个特定的规矩促使到这儿来迎接，那笑容也只是这个仪式的需要。

但不管怎么样，这种场面确实温馨感人，想起母亲，态度冷漠的母亲，她对待儿子的感情真是一点也靠不住啊。假如他要说，我是您身上掉下的肉！估计她会来一句更冷淡的话：是呀，但是你已经掉下来了呀。谁也摸不准她想什么。或许所经历的沉重的打击和长途跋涉，将她的心磨得麻木了。好比一根枯藤被石头包裹起来，本身也就会变得和石头一样坚硬。

现在这位要强的母亲不在人群中。看来，她的确是在中途忙自己的事情了。她不会这么快急着来看儿子。活到这个年岁，总是比年轻气盛的人要耐得住性子。肖龙搜寻一阵，终于失望地低头朝前走。这儿既然是族亲的村落，进去总会受到他们的关爱。这样想想，心里好受些。至于这是个什么地方，他突然不想计较，并且真心愿意居住下来。人们是这样热情，不嫌弃瘦巴巴的牛和越长似乎越矮小的绵羊，反正，它们就是一堆活着的破烂，但是同样受到了和它们主人一样尊贵的待遇，有人拿了架子和竹筐，把它们抬着走。

进村的路上，人们动情地唱了起来。歌词竟然像中途听到的随着期萨老人哨声而起的祷词。然而他并没有心思听完，目光已经落到这座村子的房屋和四周的建构上，想观察清楚。

人们将他带进了村子的最中间，在路的两边，很明显是受了指使的孩子们已经将肉和饼，以及酒和清水，各自装进木盘，分拿在手上。肖龙走近的时候，他们一字排开，将食物递到面前。

“你们都是这样招呼每一个来这儿的人吗？”

“是的。每一个。”他们底气十足。

肖龙很开心，想不到这儿的风气比任何地方都好。尤其比他从前居住的村落和城市好太多。

他被带进了一间房子。这儿的摆设相当眼熟，像从前住过。人们盯着星光和火把跳了一阵舞，又唱了很多山歌，之后，他们各自散了。他急忙上前拦住其中一个年轻人：“我的房间里没有任何可以生活的用具啊，连床都没有。”

“那有什么关系呢！山上有的是树木，你可以自己动手做一张床，来这儿的人都是这么过来的。”

“各管各的吗？可我什么东西都没有。”肖龙说。

那人不理他了。

他又拦住先前那个领头的老妇，然而她比年轻人的态度还差：“走开。你不会自己想办法吗？”肖龙被一下推开。

他们完成仪式般地从村口将他迎进这座房子后，便急匆匆熄了火把，也不跟肖龙说话，更没有什么笑容，先前那种热情凭空消失，个个都是一张冷冰冰的脸。他们准备各自离去。

肖龙怀疑这儿根本没有什么亲人。但是，他又强烈地不可抗拒这些人给他带来的亲切感，还惊奇地发现所有人的脸孔其实和自己十分相像。他看他们，就像看镜中的自己。这使他怀疑处于噩梦之中，在分散的这些个“我”身上，他惊恐地面对这么冷漠的无数个自己。他躺在地上，月光照在身上，这一夜就这么熬过去了。

次日，肖龙在村子里转了一圈，发现所有人都很忙碌。而他慢悠悠不知该做点什么，无精打采走在村子的路上，招来几点嫌弃的目光。

“要死不活的！”他们低声骂。

“骗局！装模作样的！”他大声吼他们。

肖龙决定要离开这个地方。但是离开这儿又能去哪儿呢？他抬眼看到山顶，那稀薄的雾气笼罩着一片松林，要是在那儿搭一个棚子，也应该过得不错。反正他不想回原来的地方，也不想留在这里。计划了一下午，在天黑前赶着牛和绵羊到了山顶。空气冰得牙齿打颤，暂时来不及搭棚子，他躲在两头牛的中间，抱着两只绵羊——此时它们已经非常像两只小羊羔了，仿佛时间在它们身上倒退。肖龙随便坐在一截干枯的木材上，他在衣兜里摸索半天，无意中掏出从前姚青青母女送给他的口哨。这倒有了用处。他随口吹出的调子几乎和期萨老人的一模一样。他的视线随着夜幕加深而模糊，也可能是雾气迷了眼睛，看不清山下的村落，那儿也没有人再点亮火把，仿佛根本什么都不存在，全是冷硬的石头和尘土。

马小雨来了

住在上半山的吉博阿妈搬到下半山过了十余年，又索性搬到生活便利的山脚去了。

我已挑中一个吉祥的日子去看她，我们多年不见。

按理说我应该事先打个招呼，起码找人捎个口信，告诉她我要来串门，大多数人都这样走访亲友，这很容易办到。可是为什么不能突然出现在她面前呢？我要省去那些繁琐的细节。我是这样莽撞的人。已经是这样一个莽撞的人了。

“那个老太婆就是你要找的人。”领我进村的中年男子匆匆指给我看那个正在小沟里舀水的老人，然后不等我道谢就走了。

天色阴沉沉，走近舀水人的身边，她态度冷淡，不想睬我。我故意将问候的话说得不轻不重，恰好够她这个年岁的人听。然而没有什么效果，她是打定主意不想与我说话。

既然这样，我便自己走到她的房子门口盘腿蹲在一块平整的石板上。

山脚确实比上半山舒适，即便风声大得吓人，但吹在脸上不那么疼。虽然是深秋，她栽的竹林站在房子的两边，偶尔飞来几片竹叶，就像谁递给我一把小号的匕首。

可是吉博阿妈不出来。我也不好喊她出来。我们一个在门内一个在门外，过路人围在远一点的路边看热闹，并且有人高声说，哎哟，两个什么鬼！到门口还有说不清的事吗？有人站出来回答：那个门口的彝人有汉人血统，她说一口纯正的汉语却将母语忘得差不多，门内那位彝族老婆婆根本不能与她沟通，没有共同语言嘛！

我立刻挺直腰板站起来却又马上软腿蹲到石板上。说不定吉博阿妈真是听不懂我的汉语才迟迟不肯相见。

“等天黑翻墙进去！”我心中打定主意。没有别的更好办法。

天黑下来。我在门口找了一根竹竿撑着爬到院墙顶。院内有狗或是什么人半倚在围栏边，黑影子在那儿一闪，定住不走了，但是我可以肯定对方没有察觉院墙上有什么动静。

“你进来。”吉博阿妈在房间里喊话，语气听上去很不高兴。那个黑影子走了进去。我想把先前用过的竹竿往墙内搭，顺着它滑下去，然而我却不小心从墙上直接落到地面了。“惨啦！”我惊恐地暗自叫苦，这一摔绝对要弄出响动，吉博阿妈一定会把我当贼打出去。她年轻时候就是一个见义勇为的强悍的村妇，最见不得偷鸡摸狗的人。可是我好好地落在地上，一点声响都没有冒出来。难道我无意中激发了潜能吗？据说人在性命攸关的时刻潜意识会开启自身的保护功能，只有这个理由才能使我相信从那么高的院墙落下竟然毫发无损。

“你害怕什么？”吉博阿妈问那个人。现在我凑近窗户看见那人的背影，一个男人的背影，我猜他顶多三十岁。

“她来了。”那人声音苍老，听上去年岁不在我的估算之内。

“死人有什么可怕的。没出息。不要疑神疑鬼。”吉博阿妈依然保持平淡的脸色。

“您知道我说的是谁吗？真的……说不定她还活着……您只是看到她从路上掉下去，可我们下去找了，什么都没找到，不是吗？”

“我当然知道你说的是谁。但是子布，你不要胡说八道，不然我真的要把你打出去。”吉博阿妈顺手抓起竖在墙边的扁担。

“妈妈，您为什么不信我的话？”

“那么你告诉我，那个人在哪儿？”

子布一定是害怕什么，垂下头半天不说话并且后背都在颤抖。过了好一会儿，我看见他从长袖中伸手指着背后，也就是门外，我立足的方向。我下意识往后退。事实上我根本不需要做出这个动作，我既不是马小雨也不是他说的那个人，我敢保证除了吉博阿妈之外，这个村子的人我都不认识，与此刻他们谈的这件事更没什么关系。不过，“马小雨”这个名字听上去有几分耳熟，难道我们曾经在哪儿见过么？

“你这点儿胆识成什么器。”吉博阿妈说着一把推开子布，走到门边伸头往外扫了一眼，又退回来对子布严厉地说道：“我什么都没有看到。你以后不要再胡说八道了。”

其实我很应该立刻走进去打招呼，顺便见一见吉博阿妈的儿子。当年他去了远方谋生，我们没有见过面。说来都是年轻人，好歹不会和他母亲一样把我拒之门外吧。然而院墙旁边的大门被一位妇人怒气冲冲推开了，她牵着两个孩子朝吉博阿妈的房间走，按道理说她可以一眼发现我，因为这个角落不能完全遮挡人，但是由于她走路急躁又正为了什么事情生气，便快速地走进了吉博阿妈的房间。

“你娶的好女人来了。你为什么不把她拴在裤腰上呢？这样你走到哪儿就带到哪儿，半分钟也不用分开。”

“妈妈，您这么说话就不合适了。这些年我在这儿的所作所为，没有一个人敢说半点不是。相反您得罪了那么多人，现在他们搬得一个不剩，如今这儿只有我们一家，难道您打算把我也撵出去吗？我知道您从来没有把我当成自己人。”吉博阿妈的儿媳妇委屈地说着，扭脸望着丈夫。

“你们不要再说了。”子布坐到一边的椅子上。他看上去痛苦而又无可奈何。

“一家人？一家人可不会说两家话。”

“我确实学不好您的语言，既然子布会说汉话——其实您也会说汉话，我说的每句话您都听得懂——我和子布沟通没有问题，感情也很好，您又何苦为难我们呢？您撵走了一个马小雨，来了一个伍燕，您儿子注定要和汉人结婚，这可不是谁说了算的。”

“伍燕，你现在长本事了，说话一套一套的。不错，我确实可以听懂汉话并且说得还很流利，但是我骨子里就不愿意有个汉人儿媳妇，这都怪我这不争气的儿子，他做事向来不计后果，你只说那些人是我得罪走的，事实上你根本不知道内在的原因，他们是看不起像我这样的家庭，我这个老太太连族人的规矩都没有守住，让儿子娶了你这个来路不明的外族人，才使这些人不念一点旧情，彻底将我们孤立在这儿了。你还好意思把罪名推到我头上！现在你马上离开我的房间。我这个房间不允许马小雨或者伍燕这样的外族女子踏入，这是我最后的阵地。你们都是入侵者，来破坏我的规矩捣乱我的生活——啊，我这不争气的儿子！你赶紧跟着你的王母娘娘出去，过你的安生日子去！”吉博阿妈一边说一边拿扁担敲着地面，看样子十分生气。子布和伍燕也不再说话，闷声但还是抱着一丝欲言又止的委屈走出了门。

“妈妈，马小雨来找我了，我真的看见她来了。”子布走到院子中间还不忘回头大声跟他母亲说完这句话。我发现他似乎察觉到我躲在这儿，眼睛往这边轻轻看一眼又马上转开。他对马小雨的到来始终表现得很惊慌。伍燕狠狠朝着他肩膀拍了一巴掌，对他这种不忘旧情人的样子很羞怒。

我似乎听出了一点眉目，吉博阿妈不愿接受一个汉族女子做她的儿媳妇。但是她撵走了一个马小雨——看来马小雨是子布的前女友，出于吉博阿妈的原因他们最后分开了——现在又和同样是汉族的伍燕生活在一起，由此发生了不少矛盾。这种老掉牙的爱情故事竟然让我撞到了。吉博阿妈的确是个传统的妇人，她一辈子都在恪守规矩。而第一个打破这规矩的人肯定是马小雨。子布说看见马小雨来了，马小雨在哪儿呢？

吉博阿妈关上房门，我透过窗户看见她坐在墙边椅子上抽烟，神色伤感。

“吉博阿妈，”我轻轻敲响房门，“小辈来看您。”

屋里没有任何动静。我只好重新回到先前躲藏的地方，虽然那是个很小的角落，却很避风。我没想到山脚下晚间的风也这么大这么凉。

我想溜出去到别的人家借宿，翻上院墙的时候才突然想起吉博阿妈的儿媳妇说，这个村子除了他们一家没有别人居住。可是我白天明明看到有人围在路边，并且，我能顺当地找到吉博阿妈，也是他们的功劳，难道还会有假么。可是，吉博阿妈的儿媳妇不太可能会说假话。我回想了一下，的确，白天是有很多人围在路边，然而我一路上没有看见任何居民的房子。这儿除了他们一家，可能真没什么人住，那些人或许只是凑巧路过。但是我躲在这里也不是办法，既然已经翻到院墙上来，就没必要重新跳进院子。“出去走走也好。说不定走到别的村子，在那儿可以借宿。”我这样想着便顺着竹竿滑到外面。

“嗨，你要去哪儿？”我两脚刚落地，就听到身后有个稚气的声音，仔细一瞧，是刚才吉博阿妈儿媳妇牵着的那两个孩子。他们躲在这儿干什么？

“你们认识我吗？我可不是自来熟。”我故意这样说。其实心里挺高兴，这儿总算有人愿意和我搭腔了。

“你们的奶奶对我视而不见，亏得我还当她是老朋友。”我忍不住向他们抱怨，巴不得这两个孩子将我的话传给吉博阿妈听。说不定白天她心里有事，所以才没有看见我。她这个年岁难免眼神恍惚。我希望这两个孩子赶紧跑去传话，这样她就有可能丢掉烟杆立马冲出来迎接，我也就不用跑去别家借宿了。

可是他俩态度也很冷淡，听了我这句话之后就更冷淡了。不过他们还愿意跟我说话。于是其中一个懒绵绵地张着嘴巴打了个哈欠，才说：“你不用想着和她见面，现在你是见不到她的。她也还不想见你。说这些也没用，我们出去玩吧？今晚白叔叔娶亲，你又没有好去处，不如跟我们一道凑热闹。”

“你可真是人小鬼大，竟然看出来我没有好的去处。”

“别人也是这么说我的……人小鬼大。”另一个不甘示弱，急忙抢话。

“奇怪，”我说，“你们的母亲说这里没有别人居住啊。”

“她当然要这么说啦！她不准我们出去玩才找这样的借口。可是这种事怎么瞒得过人呢？再隐秘的事情都不能逃过我们兄弟二人的鼻子。你不信？我闻一下就知道白叔叔今晚准备了好吃的，哼，那种顺着风来的刀头肉的味道！现在你要么跟我们一起去，要么自己找去处。”

我本来想自己找去处——谁会愿意跟着两个调皮捣蛋的臭孩子——但又违心地跟在他二人身后，像是被牵着走的。他们一路上嘻嘻哈哈，有时也不忘扭头跟我做个鬼脸。有时你踩我一脚我踩你一脚，然后轮换着哭或者干脆一起哭。我走在后面十分厌烦却又莫名其妙在某些时候跟着掉眼泪。

“太累啦！”我追上几步，拉住他们的衣袖。

“那你去别处吧。看得出来，你不想跟我们一起。”

“我不是这个意思，我是说，你们这种游戏太折磨人，一会儿哭一会儿笑，我眼泪浅，会忍不住陷入伤感的情境。虽然年纪不大，但是这种折磨人的游戏还是不想玩。”

“得了吧，这种游戏你玩得还少吗？你还是自己找地方去。我们也不想和你一路了。”二人说完便跑，很快就望不见踪影。

看来这家人大大小小都很古怪，又不讲道理。我想通了，自己找地方更好，我发誓再也不去看吉博阿妈，难道还非看她不可吗！就算她现在站我面前，也要装作不认识。

我摸黑走到大路上，看见远处有几点亮光。我猜那儿可能有人居住。

饥饿使我的脚步简直有点过分地加快，我感觉到头晕眼花，却被心底压制不住的某种力量扯着往前奔，“快点啊，快点到那儿去……”我莫名其妙地想着这些话。但是那个有亮光的地方依然离我很远，一辈子也跑不到似的。

“我要坐下来休息……这种奔波搞不好是徒劳的……我应该换一个地方借宿……这儿周围肯定还有别的村子……马小雨说不定就藏在附近，遇到她或许可以搭个伴……干脆回去求吉博阿妈收留我……”我心里的主意简直多得有点可怕，看来晚上流落荒郊野外最令人慌神、失去主见。我到底要去哪儿，或者还有哪儿可去，这些绝望的念头也一同跑到脑海。早知道就不要和那两个孩子闹翻，那么我现在可能已经吃上美味的饭菜，那位陌生主人对我被吉博阿妈拒之门外的遭遇深感同情，会安排一间舒适的卧房给我休息。

“天哪，我走不动路了。”这句话从我的嘴里有气无力地跑出来，只有自己能听见。

“傻瓜，低下你的狗头在地上爬吧！这儿到处是搬迁后留下的破房子墙壁，你只能像我们一样趴着从残缺的屋檐下面挤过去。”突然和我说话的人不知什么时候出现在我旁边，仔细辨认一番，发现是白天站在路边看我和吉博阿妈笑话的那些人，对，我以为是一个人，其实不止，我也就无法知道刚才是谁拿不太好的语气和我说话。其中还有领我去见吉博阿妈的那个中年男子。我走上去跟那位男子道谢，但是对方似乎不认识我一样，把头扭向一边和他的同伴说笑。

现在黑麻麻地站在我旁边的这群人，说不上同伴，但至少让我一下子觉得增加很多走夜路的力量和胆气。唯一的麻烦就是，这帮人太多了点，又喜欢啰啰唆唆地互相说话，搞得刚才清静的夜一下子嘈杂起来。

“不要说话，或者小点声，”我跟他们提出要求，但一个人的音量根本无法在这些声音中凸显出来，就像往海水里抛一颗泥沙，简直看不到任何痕迹就化掉了。

不过很快这些人就说不动话，在墙壁的缝隙中爬行很快将人的力气消耗得差不多，我只听见和我一样缓慢在泥土间爬行的响动和劳累的呼吸。我停下来喘口气的时候旁边也停下来休息，现在这种情况倒使我们突然亲近起来，时不时墙壁那边的人伸手来和这边的人握一下手，用很轻微的声音说，“我们很快就爬到头了……”然后，我们的手只是快速地握一下就分开，由于双掌总是贴在湿漉漉的地上——这些残垣断壁间已经蓄积了不知什么时候下的雨水，也或者有人想把墙壁浇上水，泡软了种几颗田埂豆（我是这样猜测的）——自己感觉不到冷但是对方感觉得到。

在地上爬一段路之后，我的饥饿感比先前还严重，简直和大病一场似的，意识开始模糊，当墙壁两边的人突然伸手过来握手，我简直要吓坏，冲口而出：“放开我！”

他们肯定发现了我目前的情况，起先有点吃惊，接着便好意地不厌其烦地跟我解释，他们是和我一路的人，我们正在这些破房子的墙壁和残缺的屋檐下爬行。他们让我放松心情，因为像现在这种情况——指我的饥饿感或者心理负担——他们从前也经历过，因为在缝隙中爬行总难免消耗大把的体力，何况我还遭遇了吉博阿妈拒之门外的坏心情，可是只要我抱着“爬到那边就自由”的心情，那么眼下这点忧愁根本算不了啥。他们还比较轻松地告诉我，这些破房子其实都是他们留下来的，并且故意打垮了站得好好的墙壁，堵塞住原本宽敞的路。现在他们很自由但是每天晚上都会来这儿的烂墙壁里爬一圈，以此提醒自己，在那儿获得的自由都是从这里一点一点磨蹭出来的。

由于我受了他们的鼓励，高兴过头，忘了问为什么把吉博阿妈一家孤立在那儿，不让他们也到那边去生活。我只顾着往前爬，想早点赶到那个有亮光的地方去享受美好的晚餐。

可能天快亮了，有一小段路我竟然看到白亮的光落在我的手背上，其实我也只是估计那是我双手的位置，真正我看到的光是落在黑乎乎的什么东西上，经过一番爬行它早已不像人的双手，像虚构的、是不存在的想象中的手。但就在这时，我也听到旁边似乎有几个人在欢呼——有光啊，有光！然而这光芒很快就消下去，周围又是黑漆漆一片。“高兴得早了点。”他们大笑着说。

“难道他们在那个自由的地方没有光吗？”我也自言自语了一句。

“傻瓜，有自由的地方未必有光，有光的地方未必有自由。就像天气一样，边出太阳边下雨。要阳光的你就当没有雨，要雨的你就当没有阳光。生活在这样的环境中，你只能不断地提升想象力。”

“你是谁？你竟然能看穿我的心思。”

“我是谁你管不着。你的话都写在脸上了，我随便猜一下就知道。这个问题谁都可以回答。”

“那么，这些推翻的旧屋简直没有意义。既然和天气一样，在哪儿不是一样呢？何必要苦闷地在这儿爬着。看看这地面，潮湿，阴冷，还有这遥遥无尽的狭窄的通道，它会让我们下半生遭受难挨的风湿病。我们很可能在那个有意义的地方过着半身不遂的日子。”我不服气，也顾不上具体是谁在和我对话。

“当然有意义。有的时候爬着就是站着，有的时候站着就是爬着。你说不清的。现在你最好放下负担，不要自己跟自己决斗啦，快拿出你手上的力气，爬出去吧！”

我果然就拿出了手上的力气，又往前爬了一段路。

“你最好一直保持这种主见。”他在那边说。我听声音像是白天送我去见吉博阿妈的那位年轻男子。

“感谢你啊，白天为我领路。”我急忙抓住机会道谢。

“你以为我们这条路上没有像你这样的人吗？他们一开始很有主见，但是爬到一半就退出去了，就消失了。不怕告诉你，吉博阿妈曾经也来这儿爬过，可惜这个老家伙总是抱怨自己年龄太大，而且她还大声说，‘天哪，我一定是疯了，我的腰断了，我的腿麻了，我的骨头都要被蚂蚁咬穿啦！毫无意义，毫无意义啊！’所以你看到了，她几乎不见外人，就躲在屋里和她的孩子们内斗。”

他绕开我的道谢，跟我说这种在我看来一点意思也没有的空话。

“我只是想到那边找点饭吃。我要饿死了。”我望着前方的亮光跟他说。本来嘛，我只是和他们偶然相遇，为什么他说话的语气像是我与他们是一路的呢？

“好吧，这样说来你和吉博阿妈的立场是一样的，随你的便了。”他似乎在笑，很失望也很不屑的那种笑。

大概是因为我得罪了他，其他人都不说话，爬行的响动只有我这儿才有，周围静悄悄的。

“你们把我丢在这儿了？”我故意喊了一声。没有人回答。现在可以确定，这些人因为生气把我丢在这里不管了。但是我也没有怎么生气，既然大家的目的不一样，又何必赖在一起。我目前只想解决温饱。而且我敢肯定，像我一样爬了这么长的路又饿又困、只顾着解决温饱的人，一定不在少数。

“不要感到难为情，一定不要难为情。”我往前爬得更快了，因为我似乎已经闻到食物的香气从那个有亮光的地方通过狭窄的路朝我扑来。

终于，我爬到了这些破墙壁的外面，在一堆杂草上尽量站稳了脚跟。想想接下去的路可以直立行走，简直感动得鼻子发酸。

“为了一顿饭……”脑海里冒出这个微小的理由，突然觉得应该收起刚才那些感动，尤其不能让眼泪滚下来。说到底我还是比较好面子，万一那些人并没有离去，而是躲在某个地方休息，那我在半路得罪的人就会看见我的眼泪，他一定会联想很多并且来一句：无意义的。

更何况我目前遭遇的状况一眼就可以看穿：两只膝盖磨破了皮，酸胀无力，腿子发抖，即使努力站稳也随时能摔倒。并且我手里还提着两只脏兮兮的破袜子——快走到头的时候我将它脱下来拿着——这情景简直有点凄苦的味道。可我必须装作没有任何不适，步子轻松地往前慢慢走，相信以这个速度赶到那儿，美味的夜宵或许才刚刚摆上桌。

我终于走到了这所灯火通明的宅院门口，里面忙成一团，他们没有人发现我，所以根本也不会有人走出来招呼我。这种时候我也不客气了，将手里的破袜子扔掉，在旁边那棵树下的水盆里洗了手，便准备清清爽爽地走进去。可就在这个时候有人将我拦住了。

“哪儿来的？”守门人的态度相当不好。他可能是这所宅院的管家，看他抬起头说话的样子有一种习惯性的骄傲。

“你们主人呢？”我在山外混迹多年，也不是吃素的。像他这种仗势欺人，你只要装作与他的主人熟识，保证嚣张的气焰立刻就消减。

可是这回我估计错了。此人显然要比我从前遇到的那些挡路的人都高明。他只是稍稍皱了一下眉头，然后就想到了很不错的办法，他说：“我主人今日娶亲，你先把礼物交给我再进去喝喜酒。”

他明明看见我什么都没带。

“你主人娶亲的事情我上个月就收到消息……”

“错！我主人没有娶亲，他在为孩子摆满月酒！我看你就是来混吃的。”他因为拆穿了我的谎话而得意地冷笑了两声。

“不过，”他又说，“既然你爬了这么远的路，吃了不少苦头，我主人一定很高兴。你进去吧。”

我很意外这个人突然改变主意。至于他说我爬了这么远的路，倒不使人奇怪，这很容易看出来嘛，我的手脚全是泥巴，裤子的膝盖位置已经破了几个洞。

我也懒得问他的主人为什么会因为我的到来高兴。

“饿死了，”我暗自说着这句话便走进了宅院的偏房。不知道为何径直走到这儿来了。屋里所有的陈设看上去都有一股似曾相识的感觉。

“马小雨来了！”我听见有人在院子里喊话。我立刻走出来，想知道马小雨在哪儿。可是刚才喊话的那位妇人已经被几个年轻男子团团围住，他们示意她不要乱讲话，用极轻的声音说，马小雨不在这儿，像这样的场合，不要随便捏造一个根本不存在的人。

那妇人还是很激动，她想辩解什么但是迅速又平静下来。大概她也知道自己刚才那种惊慌的喊叫扰乱了人心，现在这些人放下手中的事情黑麻麻地围着她，虽然他们态度都很温和，没有责备她方才失控的表现，却也足够表明态度：不要乱讲话！

马小雨有什么不能说的吗？

“她又不是什么恶鬼！”我想替马小雨抱不平。为什么这些人说到她总是一副见鬼的模样。

我的话没有引起他们的注意，可能我没有将这句话说得足够大声。那些人散开之后，我从对面房间的桌子边看到了半路上遇见的那两个孩子，他们在桌上捡东西吃，互相说了点什么话然后望着我笑。谁知道是不是在笑我绕了一大圈还是要和他们相遇。想到这种可能，我干脆尽量避开从那儿跑过来的视线，但是依然偷偷注意着。

“过来呀！”他们朝我招手，看来已经忘记先前在路上发生的不愉快了。小孩子总不像大人这么记仇。这倒使我有些不好意思。

“你们也在这……”我尽量站在靠角落的地方，这样不容易被更多人发现我这身破旧的脏兮兮的衣裳。

“你怎么搞成这副样子？”他俩很同情地望着我，并且眼泪都出来了。

由于吃过他们玩游戏的亏，这回我对他俩的眼泪无动于衷。

“以后我们要跟着你了。”他们很动情地说。

“那怎么行，我自身难保，在这儿连个立足之地都没有！”我可能又掉入他们游戏的圈套，但实在害怕这不是游戏，凭直觉，这不像是说着玩的。

“你跑来跑去当然没有立足之地，但是如果你住在这儿不走，立足之地就有了。反正多一个人也占不了多大地方，难道白叔叔还会把你撵出去吗？”

“白叔叔？”

“就是这儿的主人。”

“可是我必须回到山外去，我这次只是来看看你们的奶奶，还不至于丢弃我从前的生活而住在这样一个陌生的地方吧。你们跟我也只是先前见过一面而已，留你们在身边，这不是开玩笑吗？”

“没有什么是必须的。你信不信，就算你回到山外，过一阵子你还是要回到这儿来。你不回来你的魂都会回来的。我们确实跟你没什么关系，可是刚才我们分开一阵之后又相聚在这里，这就是缘分，不管什么关系都是讲缘分的吧。我们劝你不要啰唆了，干脆点把我们留下，以后也好有个照应。”

这些话简直不像出自孩童之口，像有什么人借用了他俩的嘴巴。

“我天一亮就离开这儿，不要白费口舌了。”我说完走开几步，拉开和他们的距离。可这样一来，我离那张摆满食物的桌子也就远了。

“得想个办法。”我这样想了一下，就悄悄从旁边的门里挤出去，直接到厨房找吃的。我吃惊于自己竟然顺顺当当像是早就知道厨房位置似地走进了那间只有一盏油灯的厨房。房里没有人，桌子上放着几盘还没有摆出去的菜。刚好有一双筷子架在一只碗上，我顺手抓来捏在手里。

“你一定是饿坏了，多吃点。”

是吉博阿妈的声音，她竟然也来这儿喝满月酒。我以为她在旁边的屋子，谁知道她就在厨房的一个角落——那儿灯光照不清，我进来时没看见——与她的儿子儿媳以及刚才和我说话的那两个孩子坐在一起吃饭。这气氛看上去简直没有比他们更和睦的一家人了。

然而，他们不是应该在外间和那些人一起用餐吗？怎么单独开了一桌。我想不明白也懒得管了，既然筷子已经拿在手里，还是先解决自己的温饱再说。

“你来了？”

这个从背后传来的声音真让人厌烦。“哪个！”我吼了过去，转头望见一位穿着灰色麻布衣裳的男子正被我的不耐烦惊得站在门边，他原本想走进来的那只脚还保持着迈步的姿势，脸上还有不完全散去的浅淡的喜悦。不过这会儿他的态度已经完全固定了，一副木呆呆的神情。

“你是马小雨。”他说得很轻。

“你认错人了。”我说。

他低头想了一下说，“也对，还不到她回来的日子。你们长得真像。”

事实上我看见他的那一刻已经消气。他像个书生。我向来比较尊敬读书人，何况是这样一个长相不坏的读书人。这时候我还真有点想冒充马小雨的意思。看得出来，他和马小雨一定有着不小的交情。我感觉脸有点发烫，便躲开他的视线却又不甘心地解释——不能让他以为我这身打扮像个叫花子就真的是叫花子，或者，他会以为我是个没出息的小毛贼——我说：“这位先生，你现在看到的都是假象，我本来不是这个样子的（我轻微地拉起脏兮兮的破裤脚给他看），我从很远的地方来，原本是来看望一位故友，可她没有想见我的意思……你看，我只是想在这儿找口水喝……”我急忙放下筷子。

他听我用这么温和的声音说话，脸上又重新堆满喜悦，用比我更温和的声音说：“你完全不必解释，我看得出来。你一定吃了不少苦。但是这不用放在心上，人与人之间讲求缘分，你的那位朋友现在不想见你，一定是因为你们的缘分尽了或者根本是缘分还没有来，更有一种可能，这种可能在许多人身上都得到了证实，那就是你和这位朋友根本就不相识，只不过你意外地来到这个地方，总得找那么一个理由。先不要反驳我。这个情况它真的存在，我在这儿住了不算短的时日，见过很多和你一样初来乍到的人都找着各种各样的理由，其中最多的理由就是来这儿看望一位朋友。这样做也有道理，它会让一场意外的出走变得有意义。所以我完全可以相信你的理由。事实上我之前也不住在这儿，我在外边算是个读书人，读了很多的书，但是突然有一天我就不想读了，我觉得有必要出来走一趟，于是来到这儿。只不过我没有任何理由地来到这儿。现在这所宅院是我花了很多心思建造起来的，隔三岔五地就会引来几个类似像你这样找水喝的朋友。”

他一口气说了这么多，我也听得有点累了。

“请坐。”他好像看穿了我的心思，将桌子边的凳子拉到我脚下。这时候我才发觉那些菜已经凉了，但是，我也竟然没有了饥饿的感觉。

“真是奇怪，你的菜我闻一下味道就饱了。”我说。

他听了我的话也没有表示不满，将一只装了水的碗推到我面前。

“不，我不喝。”我想推开那只碗，然而我却突然感觉到齿缝间有菜渣子。

“真是不好意思。”我尴尬地端起水碗。

“听那两个孩子说，你姓白？我还不知道你的名字。”

“我没有名字。”

“没有名字？那可真是一场空白……”我竟然毫不客气地跟他开玩笑。

“正是，一场空白。”他忽然想起什么似的问，“什么两个孩子？”

“你不知道吗？吉博阿妈的两个孙子，他们就住在你家对面那个村，算是你的小邻居。嗨，他们不是在那儿……”我反手指着厨房的角落，可是那儿不见人影。

“这里只有你和我呀，还有什么人吗？”

看来吉博阿妈确实得罪了很多人，包括这位白先生。当然，她也得罪我了。竟然大家都不想提起她，那我就当没见过她好啦。我好像瞬间明白了吉博阿妈一家为何单开一桌在厨房里，因为外面的人根本不愿意和他们一起吃饭，以白先生这样的读书人，即使与她有些过节，但既然对方来做客，自然要想办法招待她。可是他也不能不顾及众人的意愿。单开一桌可以说是冷落也可以说是盛情。我猜他们是在白先生进来之前悄悄撤走的，也或许，吉博阿妈发现了我，她看我在生她的气不打招呼，她也来个不辞而别——“哼，无所谓！”她肯定这样想着便拂袖而去。

“马小雨是谁？你们很熟吗？”我不想再纠缠吉博阿妈的事情了。倒是眼前的白先生，我还比较愿意跟他多说几句。

“谁知道呢，我已经很久没见她了。”

“为什么？”

“为什么！见她跟见鬼一样难，喜欢在外面东逛西逛，现在我也不确定和她认不认识，或者，世上根本没有马小雨这个人。尤其是她每次回来都搞得像个倒霉鬼，又总是碰着下雨天或者路途堵塞——当然这是她说的，天知道是不是真的——费了不知多少力气才像叫花子一样钻进屋。你不要误会，我不是说你。不过你眼下这个样子确实跟她有几分相像，所以我才会认错人。就在刚才我还偷偷地想——你听了不要生气——或许你们上辈子是同一个人，也有可能你根本就是她本人。”

他明显是在说气话，脸色都变得难看了。

“那么你一定是见鬼了。我怎么可能是马小雨！但我可以确信并且替她说句公道话，她绝对有可能碰着下雨天或者道路堵塞，弄成倒霉鬼的样子有可能是爬过来的！你可是不知道这些！住在这所大院子能知道外面发生什么！”我说得很大声，但不知为何心里竟然有点慌乱。说白了就是忽然有点心虚。

“算了，我们不要再谈这个问题。每次这个问题都会引发争吵。我带你见我的两个孩子吧？”他说。

“怎么可能是每次呢？我们第一次见面。”我穷追不舍。

他不想回答我，步子很快地朝前厅走。

我们来到了前厅，那儿围着许多人，每个人都挤在一起看什么热闹，呜呜嚷嚷地有人在说：“长得真好看，和马小雨简直太像了！”

真稀奇，先前他们还在因为那妇人喊了一声马小雨而紧张兮兮，现在提起她却表现得很平常。

我刚想问身边的白先生这些人到底在干什么，却看不到他了。他可能去抱孩子了。我想坐在墙边宽敞点的地方等他，却被推推嚷嚷地挤进了人群，简直像被包围一样，连个转身的空间都没有。

“让我出去！”我扯着嗓子喊，可是他们互相说话的声音太大。我想起半路上消失的那群人，他们也是这么吵吵嚷嚷，使人不得安宁。

“这就是你们说的那种自由的日子吗？推翻了自己的房子，然后在别人的大院里闹哄哄地挤作一团。你们能不能腾一条缝哪怕针尖那么细的缝也行，让我喘口气。”我可能太使劲说话，最后一个字是咳出来的。

我感觉身后有人扯衣服，转头一看，是刚才那两个孩子。

“随我们来吧，不要白费劲了，这些人是听不见你说话的。”

想不到我又和这两个孩子见面了。

“你们不是应该和父母一起回家吗？”

“是的，我们打算回去了，既然你不愿意住下来也不想留我们，那还有什么意思。但是有点事情想麻烦你，如果万一遇到我的家人，千万别提在这儿见到我们。”

“哼，本性不改，你们刚刚还在一起吃饭。”我心想。

“别乱想啦，我们一直尾随着你，还没见到他们。”

这么小的人竟然也能揣度人心，真让人害怕。“走，离我远点。”我推了他们一把。

他俩退着走，看着像是被我撵走，实际上是很骄傲地带着一种胜利者的微笑走的。但他们却做出了对我万分不舍的模样。

白先生朝我走了过来，抱着一个孩子，另外一个抱在一位年长的妇人怀里，她也跟在白先生后面向我走来。

“恭喜恭喜，双胞胎啊。”我迎上去，伸手要去摸那两个孩子的脸。

“住手！”那妇人惊恐万分地吼我，眼睛斜瞪着。

“什么……”我弄不清她的意思，随口说了句，“与你有什么相干！”

妇人也很生气，她朝我扑过来但是不知怎么竟然没有将我扑倒，自己却差点摔一跟头。“拿去！”她转头向白先生说，把孩子狠狠地放到他怀里，然后甩手走进旁边的卧室。

“也好，这下清静了。”白先生两手抱着孩子，很无奈。然而，我惊恐地发现这个人与先前不一样了，他至少老了十岁，下巴上的胡须没有刮干净，看着挺邋遢。

“你怎么……”

“来，看看他们。”

他打断我的话，将孩子递过来。

现在我可以不受干扰地逗一下这两个孩子，可是，我却不敢将手放在他们脸上。“这简直就是吉博阿妈的那两个孙子嘛！”我心里惊呼，向后退了一步。他们长得一模一样，而且就在一秒钟之前，我还似乎看见他们冲我笑了一下，这种笑完全就是刚刚被我撵走时挂在脸上的那个笑的翻版。

“这是别人家的孩子！”我又往后退一步，直接把心里话讲出来。

“你怎么乱说话？麻烦你看清楚一点啊，像你这样半眯着眼睛，不仅不礼貌，还容易出错。你最好将头上的乱糟糟的头发理顺，它遮住你的眼睛了。”

白先生语气挺不好，不过，我坚信他是不会把我撵出去的。

由于我不打算再看那两个孩子，他只好抱他们回到卧室。刚才那妇人，我发现她一直偷偷地在门槛那儿望着我，好像是在监视我的一举一动。

白先生再从那道门出来的时候我发现他又比先前老一点，这不得不使我吃惊地跑上去提醒他，那房中是否有什么妖魔，为什么他进去一趟再出来就变老几岁。照这样下去，我该称他白老爷子了。

“哪有什么妖魔，”他平淡而疲惫地捶着腿，然后又走进卧室去。

这时，子布来了，他走路汲汲皇皇，眼睛四处张望，像在回避什么人。他看到我时刹住脚步，像是小小地吃了一惊，但很快将脸上堆满笑容走向我。

“久别重逢啊！”他简直想伸手来拥抱我。

“不不，我并不认识你，不过我知道你是吉博阿妈的儿子。”

“吉博阿妈？”他很吃惊地想了一下才说，“看来我妈妈实在太老了，你不喊她婶娘，学那些小辈喊阿妈，阿妈在我们这儿是奶奶的意思。不过我也理解你的恨意，她把你撵出去说到底也有我的错，所以你要故意和我拉开辈分。可是既然你千里迢迢来到这儿，我怎么也得做出选择。当年我不能丢下一切跟你走，现在我觉得一切都可以丢掉，没有什么是不能丢掉的。”

“你在跟谁说话？”他看上去昏头涨脑的，我感觉他在说胡话。

“跟你说话呀。”

“不，你不是在跟我，我认为你在跟另一个人说话，”我已经猜到他在和马小雨说话。想到这个女人我也有点不自在，她已经让两个人把我错认成她。

子布说完就想上来牵我的手，看样子还准备冲门出去——那儿堵着一窝人，只能冲出去。

“开跑吧！我感觉一身轻松，完全可以连跑十一个晚上。”他竟然有些激动，似乎正处于长跑途中。

“为什么连跑十一个晚上？”对这个话题我很感兴趣，又将马小雨的事情丢开了。

“到十二个晚上我们就在那儿住下来。”

“你这种话很有意思，可惜不像正常人说的。很抱歉，虽然我认识你的母亲，但不认识你。我们是陌生人。”

“我们是陌生人?！”子布张大嘴巴。

“是的，陌生人。”

他叹了一口气。看到他这副伤心的样子我忽然有几分不忍。而且想到眼下白先生躲在卧室不出来，这儿又挤挤攘攘，还不如跑出去透气。

“好吧，出去透透气也好。”

于是，我们冲开了堵在门口的那些人，几步跨出大院，拐弯走向大门侧边的小路。路道狭窄，在那一小半钻出云层的月光照射下勉强可以慢走，这样的地方怎么也跑不起来的。

“这儿肯定不行，不适合跑步。”我说。

“不试一下怎么甘心。”子布望着我，很坚定的样子。他是一定非要在这里跑一趟不可。

“那好吧。”我说。

起先我们并肩跑，由于路面狭窄经常跑着撞在一起，我感觉肩膀就要撞脱臼，有几回我故意甩他几拳，因为我怀疑这种碰撞是他起了歹心，路况越来越坏，有的地方根本容不下两个人，难道他会不担心意外掉下悬崖的那个人是他吗? 所以我猜测，他后悔叫我一起跑步，这种道路的危险是他先前不知道的，所以眼下，他担惊受怕并且已经开始算计我，因此他才会对我说“想不到这条路根本不适合两个人走”这样的话。

“来吧，你放马过来。”我再趁机打他的时候心里已经添了怒气，动手之前我先在心中将这句话吼一遍，让它给我增加力量和保持对他的防备，这样挥起拳头的时候我就不会手软。

而他也竟然回击我了，当我的拳头挥过去的时候竟然也撞到了他的拳头。这种情况下还有什么可掩饰。我们干脆一边跑一边厮打，我早就忘了只是出来透气，他肯定也忘记刚刚说的话。

这会儿由于夜色加深空气不冷不燥，听着林中虫子的叫声我的脚步放得很快。“什么都挡不住我，休想！”我故意把这句话轻松地说给子布听。他已经落在后面了，再过一会儿我们的距离就会拉得更开，就像各人跑在各人的路上。子布用彝语在说什么事情，隔了一点距离我听不清。再说即使听见了也未必完全弄懂。不过，我可以确定他在喊马小雨等等他。

“又是马小雨，她简直无处不在。”我想起白先生对我的态度，或许正是因为得知我和马小雨只是相像而并非同一个人所以不想与我说话。

“你以后……”我扭头想跟他说不要再提马小雨，跟我说话最好用汉话，这样能避免沟通上的麻烦。

“不要找啦，他已经走了。”这个有点熟悉的声音是从左边传来，我仔细朝那儿望了几眼也没看见什么人。

“你是哪个？”我试探着向左边那棵矮树的背后问话。果然如我所料，树背后闪出一个人向我这边慢腾腾走来。

“你好眼力啊。”他笑了几声。这时候我看清了，他是领我去见吉博阿妈的那位中年男子。我们半道上还发生了一些不愉快的争论。

“冤家路窄嘛。”我随口说了句不痛不痒的话。

“只要你走到这条路上来，那必然会相遇，我在那棵树下坐了很长时间，凡是从这儿经过的人都躲不开我的眼睛。”

“是吗？那你看到马小雨没有？子布刚刚还在喊她。”

“呃？”他伸手过来摸我的额头，“你是不是生病了在说胡话？连自己是谁都不认得。刚到这里的人都不适应天气，生点病也正常。不过像你这样问人看没看见自己的，我还是头一次见。虽然刚刚在这条路上遇见的昏头涨脑的人不在少数，不过我觉得，你应该不会这么糊涂。我劝你还是早点找个地方休息，养好精神，免得哪儿都去不成。”

“你在胡说八道啊，快点让开不要挡我的路。”我推开他的手。

也许这个人根本没有看到马小雨和子布才会这么说。我不想理他了，准备单独走走。

“那好吧，既然你不听我的劝，那就各走各的。我是好心帮你，毕竟与我们走了那么远的路，深浅也算个交情！”他肯定十分生气，走起来简直像飞，一眨眼的工夫就看不到影子了。

要说多少次“我不是马小雨”他们才会相信呢？

路突然变宽，岔道也多起来，反正不管走哪一条我都不熟悉，因此我完全是在听天由命地走。就在我不知道走了多久和多远的时候，我遇见了吉博阿妈。她竟然大半夜还在那儿割草。

我两步走到她跟前，向她半低着的身子拍了一拍说：“您可真卖命。”

想不到她猛然抬起脑袋看都不仔细看我，冲口就来了一句：“放开我！”

“您到底有没有看清楚我啊，我是……”

“啊！你回来啦？”吉博阿妈像是才看到我一样，惊喜地拉住我的手，也同时将我的话打断。

“是的，我回来了。我白天还去看过您。”

“真是对不起你，白天太阳亮得晃眼，我的眼睛越来越不能见光，所以我一般不仔细用力去看东西。我这种毛病已经持续很长时间，现在别说你，就是我身边的人也不太认得清了。”

接下来她又用彝语说了一些什么，我听不太懂。

“看来我与你始终不能正常交流，虽然现在你的样子看上去脱胎换骨了。”

“妈妈，您在这儿干什么？”

子布突然出现在我们边上，他没有走出一点响声，谁都没发觉。吉博阿妈对她儿子的到来由吃惊转为愤怒，她望着子布边说“家门不幸”边用恐惧的神色瞪他，最后干脆拿割草的镰刀追着子布做出要砍他的样子。

“你这个不成器的，还不快点回去。你来这儿做什么！”

“妈妈，您明明应该躺在家里养伤，怎么会突然跑到这儿来呀？您的两个孙子闹着要来您摔倒的地方看看，我实在拦不住，他们已经偷偷从家里逃跑，我是顺路走到这儿来的。您为什么一个人站在这里？路这么窄，边上到处是积水，看看，您的鞋子全都湿透啦。”

“你在胡说什么？我好好的在这儿割草呢。”

“不，是我亲自把您从悬崖下面背回去的，由于摔得太严重，您的孙子才哭着跑出门，说要来这里看看到底是什么东西将您绊倒。您还是回去躺着吧，头上还在流血呢。”

我是否应该告诉他们，那两个孩子可能正藏身于白先生家中。那儿的聚会一定还没有散掉。可是，他们一家人明明在那儿一起吃饭，用得着我提醒吗？我突然想到这家人可能有喜欢捉弄人的毛病。我看了一下，吉博阿妈的头上并没有流血，这充分说明那两个孩子所有的坏毛病全是从他们这儿学的。

“行了，你们别演戏了。”我不耐烦地大声说。可是这对母子，尤其是子布，根本不当我存在。不过我也想得通，他绝对是在记恨刚才跑步的时候，我把他丢在了后面。

倒是吉博阿妈听见我的话很恼火，用镰刀凶狠地指着我，但是因为太生气的缘故一句话也说不出。

“妈妈，您这个样子真吓人。”子布缩了一下身脚，很惊慌害怕。

“别看了，赶紧回去。”吉博阿妈将子布转了个身，背对着我们，这时候她向我使了个眼色，示意我帮她一起将这个不听话的儿子推到他来的那条路上。

“好啊，举手之劳。”我凑到吉博阿妈耳朵边说了这句话，对于从背后推人这件事我感到很大的兴趣和控制不住的狂喜，双手力量陡增，突然向他的背猛推一下，子布站不稳脚跟踉踉跄跄地冲到路那边去了。吉博阿妈根本没有使什么力气，并且她显然对我用这么大的劲感到不高兴，但是拿我没办法。我和吉博阿妈立刻退到路边的草丛，让子布转身看我们的时候背后空荡荡的。他一定是以为刚才看花了眼或者她母亲急着去找那两个孩子，当然也可能受了惊吓，总之他思考了一会儿又喊了两声，回头再望几眼就走了。

“现在我们必须分开走，一来我有急事要办，二来这条路窄巴巴的，不适合两个人走，稍微不留神就会掉到那儿去。”她伸手指着路边的悬崖，“就这样吧，我办完事再来找你。”

她一闪身就站到刚才子布走的那条路上去了。

我算了一下出门的时间，害怕回去晚了进不了白先生的门，以守门人的态度他不可能再轻易放我进去。

白先生门口的树下站着吉博阿妈和她的儿子。他们在拉地上躺着的那两个孩子。

“起来呀，天杀的！”她很愤怒。

“起来呀，不成器的，你们的妈妈要哭死了。”子布说。

那两个孩子懒洋洋地躺着。“吃太饱啦，起不来。”他们甩开吉博阿妈和子布的手。

我稍微走近一点，其实也不必刻意隐藏，因为不断有人听见门口说话的声音而走出来看热闹。现在我走过去随便往哪儿一站都不会引起注意。

“你们在看什么？”我故意这样问。

“看笑话。”

这个回答竟然让我有点高兴，又朝前走两步，这次简直是站在人群的前端，但由于人多，相信吉博阿妈和子布根本不会发现我也混在这些人当中了。

“你们先回去吧，我们还不想起来。我们两个吃得太饱，根本不能好好走路，你们一个年纪太大一个又太瘦，不能同时背我们回去。”

吉博阿妈气得一屁股坐在地上。“竟然说这么无情的话！”

她用手拍着地面。

子布也突然爆发了脾气，“好，随他们去！”他吼道，然后甩手走开了。吉博阿妈跟在后面。

看完笑话的人又回到了白先生的院子里继续喝酒。两个孩子继续躺在那儿装睡。我确信这二人是在装睡，两盏眉毛还在闪动呢。

“起来吧，游戏结束了。”我说。

他俩果然就张开眼睛坐起来。

“你走吧，我们不想看见你。”

“嘿，你们先前还说要跟着我。”

“那是先前，现在我们决定留在白叔叔这儿。”

他们根本没有吃撑，很灵活地从地上站起，快速地通过守门人将要关闭的那道大门进了屋。我也快速地跟在后头，这位守门人居然没有像先前那样拦住我，而是平淡地将我从他的眼皮子底下放过去。

那两个孩子径直走进白先生屋里，我倒是想看看他们要干什么，大晚上的，白先生大概已经喝醉睡下了。

“你背你的，我背我的。”他们边说边将那两个熟睡的婴儿背在身上，在房间里走来走去。看我站在门边，竖起一根手指在嘴边，让我走路小声点。

现在我看到这两个孩子背着更小的两个孩子，由于长得过于相像，我看得眼睛都有点花了。

就在这时候，那位先前对我很不友好的妇人走了进来。她看见那两个孩子时大惊失色，但又极快地抓起门边的扫把挥打他们。

“出去，不干净脏的东西，见鬼的，赶紧给我滚出去。”

那两个孩子被打出去了。我也借机逃了出来。我走到大门口——大概有什么人要来，大门开着，守门人坐在一边打瞌睡——看见了吉博阿妈和子布，他们大概是走到一半后悔了又赶回来。我惊讶于那两个孩子的转变，此刻他们正笑嘻嘻地和吉博阿妈以及子布有说有笑。

“你们和好啦？”我走过去与他们打招呼。

吉博阿妈看了我一眼，摇着头说：“哎，你来得太早啦！我们不该在这种时候见面。孙儿回心转意了，我得送他们回去。”

“妈妈，您不像是和我们说话呀？”

子布只要和他母亲在一起，眼里就没有我了。他们用彝语说了些什么。

“这不是你该问的，回去吧。”这句话吉博阿妈肯定是为了让我听懂才用汉语。他让子布带着孩子回去，自己要在这儿忙点事情。

“那您早点回来。”子布回头跟他母亲说。两个孩子一边一个站在他身旁，自从那妇人用扫把将他们赶出来，就不与我说话连看也不看我了。他们或许正在生我的气，因为走进那间房子的时候我的脚步变得很重，说话也肿声肿气，一定是这个原因才将那妇人引过来的。

吉博阿妈对子布的话没有做出明确的表示，等他们走完之后，她才转过身说了一句话，“现在我可以放心了。”

“您不准备和他们回去吗？那路上一个人可不好走。”我指着那座废弃的无路可走的村子。

“如果真要回去，倒也不难，我在墙头撒了荞麦，这时候它们都开花了。”

“您在那儿撒荞麦可不好，天气不行，注定只开花不结果。”

“它们只要开花就够了。花香能引我过去，它能给我这个眼力不好的人带路。如果没有它我根本追不到这儿来，好在我的鼻子不坏，你不要笑，我的确是像狗一样闻着气味过来的。不过你身上那种香味已经在减少了，我几乎闻不到，这很可能是你刚才出去跑了一程，汗水冲淡了荞麦花的香气，真是万分幸运，我孙儿没有走到那条路上去。”

就在我们聊得很起劲的时候，听见白先生的院子里传来那位妇人的哭声，她好像在喊什么“走了走了，全都走掉了……”，我想进去看看又拖不动脚跟，说实在的，她的脾气也太火暴了。

院子里明显乱作一团，就在那哭声之后，所有人都在那儿窜来窜去的忙什么事情，又因为没有一个人出来主持局面而闹得什么事情也办不成，只是叠加了更多的嘈杂声。我站在门外也几乎可以想象这些人的六神无主，有的人重重地摔倒在地，所以才会发出那种疼痛的嚎叫。想不明白这时辰白先生为什么睡那么沉。

“走吧，我们重新到那条路上透透气，这儿实在太闹了。”吉博阿妈很受不得这种闹声，用两根手指按住太阳穴。

“他们在说什么人走了，您听。”

“我可不管这些。现在我的孩子们已经走到家了，他们正在吃我来的时候准备的晚饭，至于我的儿媳，我是再也不想见她，我们吵得够多的了。所以我打算在这儿随便找个地方住下来过几天清静日子，实在想孩子们就闻着从那边飘过来的花香隔着墙壁看看他们。这有什么做不到和不妥吗？你是少见多怪，很多人都是这么做的，你来的时候遇见的那伙人，我早就发觉他们每个晚上都在那儿爬来爬去，有一阵子我也加入了，可那时候我还不想单独找地方住，那种他们说的自由的美好的地方对于当时的我来说，还不是很喜欢。什么？那儿只有我们一家。你说得不错，那儿确实只有我们一家，他们的孩子们已经陆陆续续地追随父辈或者搬到别的村子生活了，可是他们还是依然不能改掉每个晚上去那儿张望的习惯。这才是真正的目的。

“我以后也打算站在墙这边看我的孩子们在那儿生活，这等于我没有和他们分开。哎呀，一想到要找个好地方落脚，我已经高兴得双脚都要跳起来，走吧，不要在这浪费时间。”

“他们不是这样跟我说的。”我向她反驳，想跟她解释那伙人推倒旧房子还有别的目的。

“是你看不透。”她很固执的要拉我马上离开。

“可是，白先生……”

我话还没说完就看见白先生一手搂一个孩子急匆匆地从大门走出来。

“你院子里乱糟糟的啦。”我走过去跟他说。

“不用大惊小怪，我要去见马小雨。她这个时候应该在半路了，我带他们去看看。”

“哦，你是偷跑出来的！可是，你的家人和朋友真应该小点声，吉博阿妈的耳朵受不了。”

白先生不听我说完就走。吉博阿妈在我身后好像故意不想让白先生看到，也可能她因为那房子里乱哄哄的局面而迁怒于白先生，不想跟他打招呼。

我和吉博阿妈又走到先前我和子布走的那条路上，兜兜转转的，我感到有点疲累。何况这条路那么窄，有了先前走路的经历，我不想让还有些疼痛的肩膀再与人发生碰撞。然而吉博阿妈坚持要走这一趟，她的坚定与子布一模一样。她敢断定这条路的某个岔道上恰好有个不错的位置可以搭建房子。

走到一半的时候，这位固执的老妇人又改变了主意，她非要去那个废弃的村子看一看那边的家人。

“你放心，爬过去是不可能的，以我目前这样的精神状况，根本只能站在墙头看几眼。既然已经决定在这儿单住，我好歹应该回去和他们道别。当然只是单方面的道别，反正隔那么远，说什么也听不见。”

我只好跟在后头随便走在她选择的那些岔道上，她对这儿的熟悉简直超乎我的想象。

“您像是在这儿住了很久，走哪里都那么清楚。”我说。

“当然，我在那边生活的时候也时不时来这边探路，因为我知道早晚是要来这儿单住，这种事说了你也不懂，我要是告诉你，我经常混在那伙人当中偷偷来这儿摸路子，你就更吃惊了。像我这样的人多啦，有的人不是也早早地混到这儿来了吗？说实在的，你来看我真不是时候。”

“为什么？”

“你要是等几年来，我的房子已经在这儿建好啦。怎么说也是我对不住你，没有尽到一个长辈的责任，随便地将你关在门外，你蹲在我家门口吹冷风、饿趴在地上、吃浑突突的地沟水，这些我都有责任。虽然我们生活在一起无法用彝语交流，但事实上，我们也可以用别的语言，好歹我也上了几天学，会的汉语不在年轻人之下。可是，眼下说这些已经没什么意义了，你也来这儿看我，证明事情还有挽救……”她说到这儿突然停下来，惊恐地望着我并且退后两步，颤抖地喊道，“你会不会是来报复我的？天哪，我竟然没有想到这一层。”

“您想多了，我只是在山外住得腻烦，想到山中有您这样一位老友……”

“不不，事实上我们不认识，虽然你看上去很像马小雨，可其实，你比马小雨年纪小太多了，我刚刚仔细观察了一下，你面相很陌生，只不过我们这儿的人不在意突然多出一两个陌生人——这是常有的——我们不会拆穿这种事情，所以，你说什么就是什么。你一定也是因为害怕自己在这儿孤零零地——我敢肯定你自己都不知道怎么来到这儿，但是又不愿意承认，所以编造了几个理由——才四处说我是你的老朋友。对于马小雨，你没有否认也不确认，就这么含含糊糊地，有时候甚至认为自己和她可能真的有点联系，我猜得对不对？然而，如果硬要说你和她是一个人，那只能是见鬼了。这是不可能的……不不，也有可能！——等一下，咦？我的眼睛好像可以看清东西了！”

发现眼睛看得清东西后，她简直兴奋过度，像个孩子一样在那儿跳来跳去看地上的花草。

“天哪，我实在太高兴了，想不到在这边我的眼睛可以看清很多东西。”

她跳起来像是很高兴地要和我击掌庆贺，可实际上，我感觉这是向我扑过来的殴打的姿势。事情果然和我想的一样，我们竟然莫名其妙地扭打在一起。不知为什么，这明明是一场打斗，可在心里想来不是这样。我们只感到高兴。我听见她在喊“看得清楚啦……啊，你就是马小雨，你来找我报仇的……”，我也跟着吼两声“是呀，太好啦，我就是来找你的！”我们一个用彝语一个用汉语，谁都没有要求对方一定要用什么语言。我感觉自己心中有些陌生的愁怨——这愁怨是在很高兴地打斗之后冒出来，按道理是不该有——在经过打斗后慢慢消减了，于是我松开了吉博阿妈的脖子，她也顺势将我的脖子放脱。

“一身轻松啊。”她坐在一边很自在地说。

“我们继续赶路吧。”她起身直冲冲往前走，也不管我是否跟得上。

“走慢点。”我说，实在想不通这么大岁数的人走路比年轻人快。

“完了！”

走到一半她惊叫一声。

“你没有发现吗？荞麦花的香气没有了！好在我们已经走到墙脚，哎，无所谓了……反正以后也未必有心情来这儿。”

“您这是气话，明年荞麦再开花，你肯定还会跑到这儿来。”我说。

“你在说梦话，下半山的天气不适合，它们只开花不结籽。

除了我以前每年从家里拿一点种子撒在这儿，以后谁还有这种闲心。别指望那些孩子们，他们可从来不知道我在这儿撒了荞麦。”

我们站在墙脚根象征性地往那边看了几眼，其实什么也看不清的，子布和他的家人早已经休息，外间只有黑洞洞的竹林。我可不想再回到那儿吹冷风，反正吉博阿妈和我站在一起，现在我们两个最重要的是到哪儿找个地方休息，折腾了这么久我想好好睡上一觉。

“如果您要搭建房子，那是明天的事了，眼下我们应该找一户人家投宿，我这双眼睛快要睁不开了。”

“那你就不要睁开眼睛。”她似乎很不耐烦，大概想到以后再也不能来这儿看望那边的家人，心里不舒畅。

转身走的时候，她手里多了一把荞麦秆，可是走几步又扔掉了。我感觉只不过走了几步，但是已经回到我们先前站的那个岔道上。

吉博阿妈停下来四周观察一番，拿起镰刀指着那边的悬崖说：“我们何必要在这儿建房子，那种俗世中的房子我已经住够了，如果再建一所那样的房屋，又有什么意思呢？你看那儿……那一伙人，他们蹲在上面真够逍遥的。”

我双手合在眼睛上，也没看见她说的那伙人。

“我们就应该像他们一样，走，混到他们中间去。”

吉博阿妈情绪高涨，说着便扔掉镰刀准备攀向那座悬崖。

“那儿没有路，无路可走啊！”我在后面跟着跑，却总是追不上她。

就在边说边跑的时候，我看见另一条岔道上站着白先生，他抱着两个孩子似乎等了很长时间。我挥手跟他打招呼却因为——可能是因为太累，或者先前喊吉博阿妈不要去悬崖那边，把嗓子吼坏了。我只能挥手表示，请他帮忙拦住吉博阿妈，这么大岁数的人要攀上陡峭的悬崖实在太危险了。

可是白先生似乎没有看见我，他一直在那儿东张西望等着什么人。对，等着马小雨。他先前说了，要在那儿等马小雨。

吉博阿妈倒是几步就跑到了白先生那儿，她竟然是带着一脸的笑容站在这位焦急而有点悲伤的人面前，用不太好的口气说——真奇怪，我总是跑不到他们跟前，看着距离也挺远，但可以清楚地听见那儿传来的每一句话，甚至他们说话时眨几下眼睛我都知道——“你在等马小雨”。

“是的，我要跟她说几句话。我知道每年这个时候您和她都要在这儿见面，了结一些旧事。这一次我费了很大工夫才跑来，为此我连大门也忘记关了，它一直开着，”白先生向吉博阿妈躬了躬身子又说，“您往边上挪几步，放她过来吧，我知道她肯定很快就跑到这儿来了。看您心情很好，想来你们的事情已经解决了，这也好，毕竟是很遥远的事情了，那时候您赶她出去全是因为彼此生活习惯不一样，闹得很僵，又不能有共同语言，但这都是很久以前的事情了，估计她也差不多忘记了。假如我猜得不错的话，她连自己是谁都忘记了吧。”

“你猜得都不错，我们已经做了了结。不过这种了结真费劲，我们险些掐断对方的脖子，我现在还感觉脖子酸痛，抬不起头。可是，你站在这儿做什么？你站在这儿是错的，简直多此一举。现在你空着两手，什么都没有，我奉劝你一句，转身回到你那所气派的房子和你新娶的老婆好好过日子。她可不是好脾气的人。”

“不不，我没有新娶。”白先生明显有点心虚，嘴上说着硬气话，腿已经闪了几下，想往后退几步却不能做到。

“你这话我儿子也说过。他每天都生活在‘马小雨来了’的恐惧里，因为他和你一样，新娶了别人，心中时常感到不安，提起马小雨的名字就像见鬼一样害怕。但事实上他过得还不错，跟那个同样使我头疼的女人过得挺顺当的。他们还生了两个孩子。”

吉博阿妈说到两个孩子的时候，白先生才想起自己的孩子，可是，他也弄不清孩子哪儿去了，出门时他明明抱在手上的。他摊开手，不敢相信地呆在那儿。

吉博阿妈狠狠地像之前推他儿子那样推了白先生一把，将他推得后退好几步，最终没有刹住脚步直接滚到草丛背后去了，我一直没有看见他再走出来，也许慌着回去找那两个弄丢的孩子。

吉博阿妈已经开始攀爬那座悬崖，我只好跟上去。那悬崖其实并不陡峭，可以说它只是看着像悬崖实际上是生得直立点的山坡。我们爬到顶上的时候眼前是一小块盆地。

吉博阿妈走在盆地上，很得意，我也感到心情舒畅，甚至再看吉博阿妈的时候，觉得她变得年轻漂亮，根本不是个老人的样子。她指着另一边的小盆地说，那伙人刚刚从这儿过去，等一下我们从另一边跟上去，抄近路。

我担心这种追赶没完没了，但是她说，根本不用操心，我们会有更好的地方歇脚，那儿天点灯，风扫地，房子的根基也是四脚落地。它更结实，更长久。

逃

一

林慧醒过来的时候发现已经逃出那个村子，她躺在一间破庙废弃的柴房里。昨天她顶着夜色奔跑，身后跟着一大群那个村子的壮年，他们要抓她回去，就在她有气无力爬上一座拱桥准备往河里跳时，有人从暗处伸手将她扯住，只听那人说“我来救你”，便拖着她一路狂奔躲进了一间黑屋子。那黑屋子就是这间废弃的小庙。但是救她的人已经不见了。

她从破庙出来，四周一片陌生树林，空气很好。她抬头追看天边滑过的一小片灰云，猜测晚间可能有雨降临。

接下来她必须搞清楚是不是离那个村庄足够远以及周围住着什么人。林慧拿定主意便抬脚向那片树林走去，林中隐着一条小路，由于路两边凌乱的刺竹，穿过这片树林需要花点工夫。她折回庙中找了两小块和鞋子一样大的木板，将它们稳稳地绑在鞋底，以方便穿过刺竹林。可是等她做完这一切准备要出门时，落雨了，雨落得很大并且带着滚响的雷声。

林慧只好靠着窗户坐下来等雨停。这个时候想做点手工活打发时间不可能，庙里除了几尊破损的菩萨和几张朽坏的桌椅，再看不见值得动手打扫的东西。百无聊赖的时刻她有点慌张，万一那个村子的人突然闯到这里怎么办？想到这儿她不由得起身看了一眼窗外，现在最好的办法就是一直在路上走，让什么人都不能掐准她的位置。

可是眼下哪儿都去不了。不过，她又在心里推想，也许那些人已经放弃了对她的追捕，甚至可能将她忘记——这是有可能的，他们那儿的一部分人患了一种治不好的毛病，那就是头一天的事情到了第二天就忘记。可是还有一部分记忆相当好的人，谁知道此刻他们是不是正朝着小庙的方向追来。

雨水顺着小庙屋檐的一根竹竿往下滴，林慧的视线落在飞溅起来的水花上，她头脑瞬间清醒，决定不再纠结这些往事。现在最要紧的是离开小庙，尽快穿过刺竹林去看看那边的情况。

然而，刺竹林密密匝匝根本找不到钻进去的缝隙。小庙后边的路不能走，昨夜她就是从那条路上跑来。也许昨夜那人可以将她从这儿领出去，但是，她对救命恩人的样貌不熟悉，说来也怪，她始终无法回忆起那位救命恩人的声音是男是女。

雨水落在刺竹林就像落在海面，竹林翻出一阵浪潮般的响声。天色逐渐变暗，小庙背后的山包隐在一层黑雾中。她想尽快找到刺竹林的路——既然这儿修了小庙，那一定会有路——于是踩着竹叶沿着边缘查看。这一走她才发现这片竹林像一道精密的网子把小庙包裹在里面了。这景象使她心里慌乱，就好像刚刚从那儿逃出来又被另外的什么东西捉住。

“现在怎么办？”她心想。虽然这样想但是很快走到了小庙的另一边，她要看看那边是不是藏着出路。结果显然和先前一样，她脸上露出失望的神色，带着这种失望的心情就像画句号似的、沿着竹林从小庙的右边转到左边。这下她完全失去再找出路的兴趣，走到小庙门口长了几根野草的台阶上坐着。

“哟，你怎么坐在凉地上？”

背后突然传来的声音使林慧猛地站起，惊得脸子发白，嘴唇抖颤。她两眼发直地看到说话的人之后，才稍稍松了一口气。可是接着她又陷入紧张和恐惧。

“曾婆婆，”她尽量掩饰慌张的情绪。

曾婆婆在小庙靠窗的位置向她招手说，“进来呀小鬼，看你一身浇湿……”

林慧心里咯噔一下，因为曾婆婆对她的称呼和之前不一样。从前她喊她……她突然脑子一片空白，想不起喊她什么。

“不要想那些没用的了，快过来。”曾婆婆又轻言轻语催她进去躲雨。

林慧听到这些温和的话受了感动。走到曾婆婆身边的时候她突然见到一副年轻的面孔——是的，就是曾婆婆年轻时候的面孔。令人奇怪的是，这面孔越看越像她当姑娘时候的好朋友。

“曾婆婆这么年轻啊，还像我的一个朋友！”林慧说这句话是不由自主地喊出来的。

“你眼睛被雨水打湿了，没看清。”曾婆婆冷冷地说，还将视线转到别处，仿佛她正陷入某个长长的回忆。

林慧不相信自己看错了，虽然她的眼睛确实被雨水打湿、此刻还像流泪那样向下滴着水珠，可她确信曾婆婆的样貌就是眼前这个年轻的面容，即便她无法解释为什么曾婆婆变得这般年轻。

她们顺着两扇窗门各坐一边。林慧低着头但其实一直在偷偷地观看曾婆婆。她心里嘀咕着这样一件怪事：第一次见她的时候明明是个老人家，为什么眼前是这个样子。

“天哪……”林慧想到后面的事情突然压不住惊慌的神情，差点跳起来，“她肯定是来捉我回去的！”

曾婆婆正是林慧逃跑的那个村子的人。

“难道你忘了昨天晚上是谁拉你一把吗？我原本以为你可以

在那儿安生过日子，你偏要跑出来给我找麻烦。”

原来昨夜救她的人是曾婆婆，林慧心里表示感谢但是眼睛也不敢抬一下，用可怜的语气说道：“我想回老家。那个村子我一个人也不认识，那儿的人我都不喜欢。”

“我也是那个村子的人，你也不喜欢我吗？如果你当初不愿意去那儿生活，我是不会勉强。你父母把你交给我的时候，你也没有反对。”

“是的，我没有反对。我也不是不喜欢你。那个村子的人都很奇怪，我感觉与他们不是一路的。那时候我以为你们村很好玩，我父母也不了解情况，和我同龄的很多人都去了那儿——你知道的，年轻人好奇心重。结果那儿风色一点也不好，根本不适合我这样的人居住，何况我没有看见一个除你之外的熟人，我想我那些同龄的朋友肯定逃走了，他们说不定听到我逃出来的消息，正高兴地在回家的路上等着，我来的时候天气正热，现在已经初春，这样的天气最适合赶路。”

“晚啦！不要白费心思。我还没见过来我们村的人有谁回去过。你可以试一试，住的时间长了就会死心塌地——事实上在哪儿住不是一样的吗——你只在我们村子短短的住几个月，这点时间肯定不能让你安下心来。你只要多住几个月，我保证以后谁请你回去你都不愿意。你那个村子说起来也是我的老家。我现在就没有回去的心思，甚至把那儿的路都忘记了。要不是你父母当初给我捎信，让我去领你，我还不知道怎么找那条回路。”

“那么，你还记得回去的路吗？”曾婆婆又说。

林慧沉思了一下，“记得。”

曾婆婆仰起脸笑了一阵，她什么也没说，她的笑不那么自然，流露出一股嘲笑的味道。

二

曾婆婆在小庙里清扫那些结了蜘蛛网的菩萨像。不过这些活都是晚上做的。白天她倒头就睡，到了晚上却精神抖擞抓起小庙里一根竹扫把，这儿挥挥那儿看看。晚上她做这些杂活的时候林慧已经困得睁不开眼睛，她靠在一块破边的竹席上，迷迷糊糊地很快就能进入一场梦境——如果曾婆婆不在这时候喊她的话。

可能上了年纪的人瞌睡少，脾气也古怪，她好像是专门等在林慧就要闭上困顿的眼睛时，突然很生气地说："你应该起来帮助我。以后我们只能住在这里。你这样的懒鬼还想住到哪里去?已经无路可走啦。"

"好。"林慧每次都这样回答，但一直不起来帮忙。她知道打扫小庙的事情根本用不着她参加，曾婆婆会像一个虔诚的信徒那样，把那些灰尘——实际上已经没什么灰尘了——打扫干净。

这天晚上林慧半睁着眼睛，曾婆婆顶着一块手帕在空气中跳来跳去——她已经是第三个晚上跳来跳去——追撵空气中飞着的尘土，现在如果还需要打扫那就是空气里浮着的尘土，菩萨像已经干干净净，连漏雨的瓦片都翻好了。当然，林慧没有看见曾婆婆是怎么爬到小庙房顶去翻瓦片的，不过她清楚这点小事根本难不倒这个身手敏捷的老人。

"跳什么呀，浪费时间。"林慧打了个哈欠，今晚她准备睡个早觉。曾婆婆顶着手帕气喘吁吁地说：“你的背脊还没有睡出青苔吗？起来活动活动吧……”

林慧闭上眼睛不答话。这三天确实累够了。正当她准备安心睡一觉，却听见曾婆婆有气无力用生气的口吻说：“小鬼，我要走了，你不来送一程吗？”

“什么？”林慧睁开眼睛却看不见曾婆婆，小庙中只有她一人。

“不这样说你会起来吗？”林慧走到小庙背后，看见曾婆婆站在一口废弃的水井边，她笑眯眯地和林慧说话。

林慧感到今天晚上心情很舒畅，这是她离开家乡第一次有这么温和的心情。正对着井口上空的毛月亮在云彩里穿行，浅淡的月光落在曾婆婆身上将她整个人变得慈祥。

林慧想走过去跟她说话，像这样的晚上最适合谈心，可是曾婆婆却突然转身坐下来并且直直地躺在井边，“你不要打扰我，我休息一下。”话音刚落鼾声就传了出来。

“看来你也很困了。”林慧说着便转身回到小庙去拿逃跑时随身带来的一件旧衣服。当她抱着衣服出来时，曾婆婆已经站起来了。

“你孝心是不错……”

“那是肯定的。”曾婆婆话没说完，听见身后有人说话。那个人正站在三天前她们逃来的那条路上，一棵黑漆漆的大树把他的面貌遮得看不清。

林慧感觉这个声音很熟悉，而且有一种本能的东西引着她走向那个人。当她经过井边的时候看见曾婆婆露着一张奇怪的笑脸，不，她一定是生气过度，在这张扭曲的面孔上笑容僵硬，就连月光也无法舒展。

“小鬼，你真的要过去吗？可不要后悔。”曾婆婆说。

“我想好了。你不要多事。”林慧吃惊于自己的胆量，她说这句话的时候感觉心中有一股可靠的神力。她很想摆脱曾婆婆的控制。这几天她觉得受了曾婆婆的监视。

“我刚才是吓唬你的，想试一下你的决心。他是你父亲，去吧，小鬼。”曾婆婆的笑容突然舒展，变得慈祥温和。

林慧一听说那人是自己的父亲，心里高兴，脚步就增快了。她简直开始奔跑，而且这奔跑的速度连她自己都想不到，风声在耳边呜呜叫，她简直像是在飞行。然而那个在树下站着的人，也就是他的父亲，始终站着不动也不说话，但是林慧不在乎这些，她只想赶快地走到父亲身边，然后他们一起回到家乡。

可是这条路像是被拉长了似的，她每走一步路就被拉长一步，她费了很大的力气，汗水也跑出来了。“我就是这样命苦吗？”她开始掉眼泪。

“算了，还是我过来接你。”她父亲终于开口说话，而且，他说完话的时候，人已经站在林慧的面前了。

想不到父亲走路的速度变得这么快。林慧惊奇地喊道：“爸爸，你和那个村子的人一样，他们走路也……”她兴奋地抬头看清来者面容的一瞬间，声音卡在了喉咙，因为，眼前这位走路速度飞快的人根本不是她的父亲。这个人面容苍老憔悴，下巴上长了一撮白胡子，眼睛也是半瞎，他顶着一头风吹乱的灰白头发，弯腰驼背地站在林慧面前。

“几个月不见连你亲爹也不认得吗？看来真像你妈妈说的那样，就是个讨债的，没良心的。”他发了脾气，努力向上抬头的时候似乎把驼背也拉直了一些。

林慧还陷在沉思里，对于父亲的话根本没有认真听。但是她对父亲的声音熟悉。不错，这个人确实有一副和父亲一模一样的嗓音，他们只是相貌不同。她抬头重新仔细地观察这张陌生的脸孔。他似乎也发现了这个企图却并没有生气，用平和的声音说：“算啦，你这小可怜，这么点年岁就离开我们。来，站过来，你好好看看吧。这几个月尽操心你在那个村子过得怎么样，害我头发胡子都白了。你妈妈当然更操心，她总是闹着要去那个村子看你，那么远的路我不放心，于是我跟她说，‘你不要着急，让我先去看看那边的情况。’她听了很满意，因为她确实不能走太远的路，现在她还病在床上，不过你别担心，我相信她明天就好了。她那个人性子犟，我们都出了门，家里很多事情等着她做呢。只可惜我来的时候过于匆忙——曾婆婆等在门口——没有好好跟她多说几句话。”

“曾婆婆？”林慧扭头看向身后，“她不是不记得路吗？”

曾婆婆若无其事地站在井边，她听得很投入。林慧看她的时候她也看了林慧一眼。

“我有时记得路。有时不记得。”曾婆婆微笑地望着小庙背后的山林，头抬得半高，虽然她此刻带着笑容，却只能让人感到一股不可侵犯的骄傲的气质。

“曾婆婆真厉害，竟然知道我的心思。”林慧心里又想，但其实她已经不那么吃惊了。

“你忘了我们那儿的人都有这个本事。你不愿意在那儿住，不然这种本事你也会有。”曾婆婆很失望的样子。

“你肯定在想这么短的时间我是怎么把你父亲接来的？这个事情对我来说不难。不过我现在的体力一天不如一天，你看看我的汗水（她指着脚下）都像下雨一样了。”

林慧走到曾婆婆身前，看见那脸上的汗水大颗大颗地往外冒。

小庙背后的山林被风吹得呜呜响，她感到口渴，低头想取一瓢井水喝。可是井口被曾婆婆占着，她可能也正想喝水，整个人趴在井口上，不知怎么身体变得这么庞大，想从侧边找个缝隙取水都不可能。

“你快点喝。我渴死了。”林慧等在一边，催促道。

这期间林慧的父亲一直坐在一块黑漆漆的石板上抽烟，月光把他的头发染得像一蓬荒草。

三

林慧想跟父亲尽早赶回家乡的愿望又不能实现了。她父亲对现在这种生活很满意。大概被曾婆婆的话吸引，他对那个村子也充满兴趣。他跟林慧说，年轻时候他有一些朋友去那个村子做生意，既然来了就一定要去看看。

“小鬼，你真是不懂事。你妈妈说了，过几年她要到那个村子去休养，我们的朋友和亲人全都在那儿定居，住在那里的人全都是我们的亲人。世上不会再有什么地方比那里强。你看曾婆婆，她来的时候和我一样老，如今越来越年轻……”

“不对，曾婆婆体力一天不如一天，她说她正在衰老。”林慧抢了父亲的话。

“傻瓜，你真相信她的话吗？他们那儿的人都会说一些自谦的话。而事实上住在那里的人都会忘记忧愁，这样长久下去，他们会忘记自己的年岁，甚至忘记衰老是什么东西，所有人脸上都挂着对生活满意的笑容，每天早上起床他们都会打开窗户，对住在另一边房子里同样打开窗户的人说一声‘早，吃过饭了吗’这样的话。总之，他们每个人都很友善。”

林慧呆在原地。她不知道这些情况父亲是怎么知道的。

“你真不懂事，我当然知道他们的情况。我父亲告诉我的。再说我到了这个岁数什么不知道？”父亲瞪她一眼继续说，“当然，他们也是有缺点的，但这并不是什么坏事。他们对待初来的人不能采用妥当的方式，而总是表现出笨拙的热情。就好比三天前追赶你，其实是为了给你送上一袋干粮。我觉得你很有必要跟我一起去道谢。”

林慧因为口渴不想说话，她紧紧闭着嘴巴，看上去像在生闷气。

曾婆婆趴在井边不动，月亮被灰云藏起来了。就在这时候突然从哪儿传来几声狗叫，林慧张着耳朵却听不清楚，但是她隐约觉得声音是从刺竹林那边传来。

“现在你给我老老实实坐在这儿，我去找点吃的。”父亲向她下达了命令，现在他的样子比以前老，说起话来却很威严。

小庙里瞬间恢复了平静，林慧抬眼看向水井，曾婆婆还趴在那儿。不知她要喝到什么时候。

“你还没有喝够吗？”林慧小心翼翼走到井边，她没有弄出一点响声，她也不知道为什么不敢弄出一点响声。

趴在井边的人没有答话。但是从深井里传出滴滴答答雨水落地的响声。

这时候月亮从云层里钻出，林慧弯身下去看见曾婆婆闭着眼睛把脑袋埋进水里又抬起来再埋进去，如此反复地好像在做游戏。“雨水”就是从她装满的鼻孔、耳朵，以及水淋淋的头发上滴下去。林慧大声地喊了几声曾婆婆，依然没有得到回答，她吓得倒退两步，但是又不由自主地走过去想把曾婆婆拖出来。可是她怎么也挪不动这个瘦巴巴的老人，只听见水井里不断传出的滴滴答答的声音，并且越使劲往后拖声音越大。

林慧以为曾婆婆中邪了。在她的家乡有好几个会驱邪的人。她想到会一点驱邪法术的父亲。可是他不知跑哪儿去了。

就在这时候曾婆婆却突然坐了起来。

“多管闲事！”她恼怒地瞪着林慧，说完独自走到小庙里去。

又过了三天，这三天曾婆婆都趴在井边喝水，林慧每次都将她拖出来，为此她们的关系闹得很僵。

这天晚上林慧昏沉沉睡着了。

“送你的人多吗？”林慧听见曾婆婆在说话。和前几天一样，林慧不等天黑就睡下了。现在她听见曾婆婆说话，那肯定是她父亲回来了，心里感到高兴却怎么也睁不开眼睛。实际上不是睁不开眼睛，而是她的眼睛被一双大手紧紧捂住了，但是她还可以从指缝中看见曾婆婆和另一个人。那个人背对着她，看上去有点像她的妈妈。

果然那个人用仿似她妈妈的口气说，“她过得习惯不习惯？”

曾婆婆吸了一下鼻子，恶狠狠地望着那个人说：“都是你把她宠坏的，她很不听话！”

那个人委委屈屈地哭开了，她一边抹着眼泪一边从衣兜里掏出一沓钱。

“我就带来这么点东西，请您散给那个村子的人，人小不懂事，刚到那儿昏懵懵的难免得罪人。妈妈，您一定要帮我照顾她。说起来她也是您的外孙。”

“她可一点也不尊敬我。”

“这也是难免的，您走的时候她还没出生呢。”

那个人转过脸来，但是林慧怎么也看不见她的脸，只见她那双蜡黄的瘦巴巴的手托着一沓钱递到曾婆婆眼前。

“就这么点东西……”曾婆婆伸手接过钱，叹口气，后面的话也不说了。她看上去很伤心的样子。

林慧也感到有点伤心，眼泪落在捂着她眼睛的手上。她想走过去跟妈妈道歉，请求将她带离这儿。可她费了很大力气就是不能活动身体，连动一下嘴唇的能力都没有。

接下来发生的事情把林慧怔住了。

曾婆婆伤心地抓着那把钱，像丢魂了一样走到井边，低头往井中看了一眼，又扭头看了一眼坐在小庙中的她的女儿——也就是林慧的妈妈——然后跳了下去。林慧的妈妈痴呆地望着井边发生的事情，她像是被什么东西抓住不能及时去救她母亲，眼睁睁看她跳下去了才赴死一般冲过去，对着井口大哭大喊。

林慧的妈妈费了很大力气将曾婆婆拖出来，拖在井边趴着，就是前几次林慧看见曾婆婆趴在井边的那个样子。林慧的妈妈盘腿坐在井边尽情地掉眼泪。她还往水井里扔石子。林慧看见她一边哭一边将周围的石子捡起来，用很大的力气砸下去，于是井中传出滴滴答答的响声。

这天晚上的月亮特别好，可能是月亮好的缘故，本来在小庙里看不清的脸，在隔着一段距离的水井边却看清了。当然，这种清晰是带着一层朦胧的月光色。

林慧痴痴地望着那个井边孤零零坐着的人，她当然看见了那张脸，由于看见那张脸，她从先前痴呆的神情一下转为惊恐——那是她父亲的脸！

然而她很快就平静下来了。她开始回想关于父母的生活。在她的家乡，每一个男人都有着至高无上的权力，那就是可以随意殴打自己的女人——当然这不是一开始就有的习惯，这是那些不得志的男人酗酒之后的杰作，之后所有的男人都学会喝酒，他们都装得很有本事，认为生活的那个环境过于封闭和苦闷，而造成他们无法摆脱这种困境的就是身边的女人，最可恨的是她们还接二连三生几个孩子，导致他最终不能迈开脚步去施展他的本事。那么他只能在家施展本事了。

林慧的妈妈嫁到那个村子的时候是非常漂亮的，一些年纪大的女人赞叹说，看啊，这活生生的是朵鲜花！（她们是指着她的脸说的。）

那时候林慧的妈妈还保持着一张属于自己的清晰的面孔。可是接下来的日子，她和别的女人也就没什么不同了，生儿育女，忙着家中七股八杂的农活。她开始依赖自己的丈夫，但又不完全相信他。

林慧猜测她妈妈是奔着爸爸来的。她这样的人在生活中最软弱，哪怕原本自己有一张不错的面孔也会不知不觉弄丢。

“他已经跑掉啦！”林慧挣开捂着眼睛的手，没想到她可以活动了，说这句话的时候还因为激动站了起来，然而井边只躺着曾婆婆，她妈妈消失得无影无踪。

“我妈妈呢？”她冲到井边问曾婆婆。曾婆婆已经从井边翻爬起来坐着，她像不知道刚才发生什么事一样在整理被井水打湿的头发。

“你这个不孝的小鬼，你扯痛我了！你在说什么？是不是睡糊涂了！”曾婆婆恼怒地挣开林慧的手。

“我看见妈妈……你不是已经……”

“睡着了什么也看不见！你不要乱说话。”

“我确实看见她来了。”

“急什么，她迟早会来看你。现在怎么办呢？你爸爸一个人跑去那个村子了。我敢保证他不会再回来。”曾婆婆说。

“你怎么知道他去了那个村子？这回你想错了。他是去给我找吃的。”林慧反驳道，并且用手指着小庙背后的路，也就是先前他爸爸出现的地方。

“做美梦吧！现在他摆脱了你们村子的生活（他跟我说过，他已经过够了那样的日子）——也可以说摆脱了你和你妈妈——他总算可以自由自在，凡是到了我们那个村子的人都不会再想别的事。不像你，游魂！”

林慧不想再和曾婆婆说下去。她发现这个老太婆越来越古怪，并且怀疑正是曾婆婆阻止她回去——虽然逃跑的时候她假装好意地拉她一把。

可是她饿了。真是奇怪，几天时间过去，她第一次感到饥饿。

四

林慧终于趁曾婆婆睡觉的时候偷偷跑了出来。更令她高兴的是，这一次她在刺竹林找到了一条毛毛路，它被一小片竹林遮挡，是一只棕色的老鼠将她引到这儿来。她用棍子捅开密密匝匝的竹林，露出一个刚好穿身过去的小洞。身后的竹篱笆又合上了，从外间根本看不透背面隐藏的路。

“你帮了我的大忙！”她笑嘻嘻地对脚下那只老鼠说。

刺竹林把光线完全挡住，天黑了，林子顶端却一点星光也落不进来，林慧只能缩紧身子尽量避开竹节上的刺。她计算了一下，感觉至少走了五里路，太累，她想停下来休息。

那只老鼠一直跟着她，途中吱吱叫着，像在吹口哨。她蹲下来的时候老鼠跳到膝盖上，软绵绵地趴在那儿抬着眼睛看她。

第二天早上林慧从刺竹林里醒来，那只老鼠已经不见了。

“想不到我蹲在这儿就睡了一夜，”她摇头，打了个哈欠，发现胃里倒出一股死老鼠的味道，“早知道要耗这么久，应该把牙刷带来。”她想。

林慧加紧脚步，她希望在天黑之前走出竹林。她现在不饿也不渴，说也奇怪，自从去了那个村，她几天才有一次饥饿感，有时甚至半个月没有想吃东西的念头。更有厉害的那个村子的长者，林慧从来没有见到他们吃任何东西。但是每天早上他们都会装模作样地往厨房转一圈——那个厨房好像是公用的，谁都可以进去——在那些切好的肉片和土豆泥上闻一闻，就像吃得很饱似的心满意足地走了出来。

这会儿胃里还热乎乎的，林慧不知道昨天的饥饿感去哪儿了。她正是因为忍不住饥饿才从小庙偷偷跑走。当然，这只是原因之一，她更希望早点摆脱曾婆婆，早点回到家乡。

她往脸上擦汗的时候，手心里沾着几根鼠毛。可能是昨天晚上老鼠蹲在她膝盖上的时候留下的，至于为什么会从脸边抹下来，她没有多想。

竹林的路也不尽是窄巴巴的，有的地方宽得可以容纳四个人并排走，在这样宽敞的道上林慧可以看一会儿月亮，她也不记得看过几次月亮了，反正走到宽地方的时候总是晚上，月亮也好像从来没有从天边移动。每到宽敞的地方她就停下来多休息一会，甚至想干脆不走了，反正躲在这样的地方谁也找不到，况且这个地方的景色美得无法形容。她只要把四周的刺竹——那些干枯的竹子——捡起来剔掉毛刺，便可以把它们扎起来搭一座精美的竹棚子。

然而她不能在这里住下去。她要回到自己的家乡。

“我妈妈肯定还在回去的路上。”她想。当然她不确定妈妈是不是也走的这条路。但是这已经不重要了。

有时候她也会莫名其妙走着走着突然想念曾婆婆，“说起来她也是您的外孙。”这句话响在耳边。倒不是因为这句话。而是曾婆婆看上去那么年轻，那么像她一个很久没有联系的朋友。不过，她也不能确信自己的眼睛。就好比她的父亲突然闯到这里又不见了，她的母亲出现在小庙却不与她相认，他们来看她就像隔着一条河，用失望的担忧的眼神看一眼，又什么都不替她做，用那种只有在梦中才会出现的恍惚的速度消失。她还能指望自己的直觉和眼睛吗?

怀着有点伤感的情绪，她想起离开家乡的一些事——

那是个有雨的下午，由于父母不同意她去那个村子玩耍，她生闷气倒在一块门板做成的床上一睡就是三天。三天不吃不喝，导致嘴唇起皮，两眼也看不清东西。父母坐在一边哭诉，相互说了些让人听不太懂的话。而林慧很高兴：“我要去，神仙也阻挡不了我！”她在心里高声喊道，嘴角露出一丝不明显的笑意。

其实她已经躺够了，很想从木板上站起来，但是曾婆婆不让。曾婆婆起先躲在门背后，后来不知怎么被林慧的父亲发现了，他竟然流着眼泪朝门边跪下去，轻声说：

“妈妈，您把她带在身边，可不要饿着她呀。”

林慧的母亲更是手快，从厨房端了一碗煮得香喷喷的猪头肉摆在曾婆婆面前。

曾婆婆走到门板床上用手摸了一下林慧的头，很气愤的样子说：“不要白费心思了，你们是留不住她的。从我们那个村子逃出来的人到这种地方过不了几年就想回去。他们这种人在哪儿都不安心。就是回到那个村子也还会逃走。哎，游魂呀！”

但是，曾婆婆又用似乎只有林慧看得见听得着的笑容和声音说："到了那儿你想吃什么都有。你这个小饿死鬼，流什么口水，这些肉味一点都不好！"她说话的时候吸溜了一下鼻子，两只手在嘴前扇了扇，做出很难吃的样式。

"奶奶。"林慧小声地在背上喊了一句，她想吃一口妈妈亲手做的饭菜，这段时间她只顾着生气，而现在，如果她不吃的话，到了那个村子就吃不着了。想到这些鼻子有点发酸，后悔当初躺在床板上生闷气，搞得眼下一点力气也没有，想从曾婆婆背上跳下来都做不到。她低头看了一眼，她妈妈只顾着悄悄地流眼泪，头也不抬，并且像是为了故意惩罚林慧，当曾婆婆走到门边问她还有什么话说时，竟然无情地背转身摇了摇头说："我没有什么可说，我现在突然想通了，该走的早晚要走，眼下我感到很疲乏，哭了这么久总应该休息一会吧？"说完她就倒在地上睡着了，背朝着林慧。

"难怪我记不住妈妈的脸。"林慧想起旧事忍不住说出这句话。此刻又走到了宽敞的地方，她抬眼望一下远处，发现那儿蹲着两个人，她们好像在说什么高兴的事。她迟疑地躲在路边，斜着身子一点声音都不弄出来地慢慢走过去。

"是你们！"她看到家乡的两位玩伴坐在路上休息，这是早先去那个村子的人，林慧看到她们很兴奋，果然让她猜对了，那些去了曾婆婆村子的她的朋友们，全都逃跑出来了。但是她又感到奇怪，这两位朋友不像是逃跑出来而是刚刚去山上割猪草，身边放着一个箩筐和一把镰刀。虽然看到这样的景象她还是认定这二人是逃跑出来的，所以蹲下来坐到她们中间，笑嘻嘻地说：

“你们也从曾婆婆那个村子逃出来了。我很高兴看到你们在这儿等我。”

其中一位瘦弱的姑娘抬起头望了林慧一眼，突然脸色就变了，阴沉沉地对她说：“不要大呼小叫的。”

“我是林慧啊，刘小兰，你不记得我了吗？”她走过去推了一下另外一个没有说话的姑娘，她好像眼睛有什么毛病，一只眼眶不停地泛出眼泪。

刘小兰麻木地抬起头，懒绵绵地说：“林慧，你迟来一步，你妈妈刚从我们这里走开。以她走路的速度已经去很远了，你是撵不上的。”说完她就低头干别的事情——不停地用一根草在手指上缠来缠去，手指已缠出血丝。林慧怎么喊她都不抬头。

林慧朝着刺竹林前边看了几眼，没有见到远处有人影。但是她相信妈妈走不多远。一个大病初愈的人是走不多快的。

“你们这种人就喜欢瞎撞。”那位瘦弱的姑娘拍了拍手上的草渣滓，准备往路边的刺竹林钻。

“那儿过不去。”林慧伸手阻止，可是那位姑娘却扭头对她冷冷一笑，然后轻易地穿过刺竹林，像空气一样消失了。

五

林慧和刘小兰在宽敞的刺竹林坐了一天一夜。刘小兰可能身体不好，到了晚上她两只眼睛都开始流泪。

“刚才我姐姐是去找曾婆婆了。”刘小兰突然说。

“你姐姐？”林慧不知道刘小兰从哪儿冒出来的姐姐。

"就是昨天下午钻进刺竹林的那位姑娘。你伸手没有拦住。她这个人没什么主见又不听劝。但是她对曾婆婆却很忠心。她简直就是曾婆婆的魂。"

林慧抬手摸了一下刘小兰的脑门——"你是糊涂了吗？那不是你姐姐，你姐姐很早以前就不在了，我亲眼看见你父母将她埋在一棵弯腰树下。钻进刺竹林的那个是我们一起长大的同村的朋友。她是张叔叔的小女儿。"

"瞎说！我看你一定受了那个村子的传染，什么东西也记不得。"刘小兰神情严肃。

"不要再说了。赶路吧。"林慧起身就走，她不知道为什么朋友们的性格都变了，刘小兰从前可是个温顺的人，绝对不会用重一点的语气跟她说话，而眼下，她竟然敢用严厉的甚至有点可怕的态度对她。看来去了那个村子的人除了她之外，其他人都被传染了不好的习性。

"算了吧，我姐姐很快就会把曾婆婆喊来。这片刺竹林除了曾婆婆还没有人走得出去。"刘小兰两手抱着膝盖，她拿定了不赶路的主意。

就在这时，刺竹林传来脚步声。

"快跑，不要回头看。"刘小兰话音刚落，朝着林慧的后背重重地推了一把。

林慧借着刘小兰推她的助力跑了出去。她似乎听见了曾婆婆和那位瘦弱的姑娘钻出刺竹林的说话声。这时候就算刘小兰不交代，她也没有心思回头看。她放开了脚步，在这条茫茫的一会儿窄一会儿宽的孤寂的路上朝着家乡跑。身后一点声音也没有了，刺竹林变得稀疏，她从缝隙中可以看到几只野兔，再后来看到了雪松和半高的山。“天哪！”她激动起来，这些东西可是她故乡才有的，也就是说，她很快就要踏上自己的村庄了。

她一步不停地跑着，跑得头发都散开了，脚下甚至传来呼呼的风声。想不到当初不愿意多呆一天的地方，如今要用这种飘魂般的速度跑回来——眼泪在脸上滚下来，脚上踢到小石子，蛇，癞疙宝，老鼠，她依然用看不清的眼睛望着前方，相信前方很快就会出现一个村庄，脚下踢到的这些东西丝毫不能影响注意力。

林慧沿着一路熟悉的风景跑进了记忆中村庄的岔道口，按说那儿应该有一棵老树，可是，她没有看见老树，老树后面的村庄也不见了。那儿是光秃秃的荒坡。她只看到几节断墙和一些烧剩下的干柴。

林慧走在这片废墟上，想找一找自己家的遗址。

“为什么会这样？”她痛哭起来。

就在这时候，刘小兰出现在她面前。她走过来拍了一下林慧的肩膀说，“在路上我就想告诉你了，这儿什么都没有。和那个村子是一样的。”

“怎么可能呢？我走的时候这儿是个热闹的村子，张叔叔还栽了很大一片柿子树。”林慧说。

“这儿从来就没有热闹过。你这个人就是不用心看东西。不过你也不要伤心，这里晚上还是很热闹。白天他们都在睡觉，不要打扰他们。走了这么久再突然跑回来，一个人都不认识了，感觉冷火秋烟是很正常的。”

“对了，有件事我要跟你提前说……”刘小兰试探地问了一句，眼睛盯着林慧，她在等对方愿不愿意听的意思。

“说。”林慧点一下头。

“你奶奶在你走的第二天跳井了。你妈妈坐在井边哭了两天，也差点跟着跳下去。我听张叔叔说，她是为了要证明不是她把你奶奶气得跳井，你奶奶跳井是因为你把自己的腿摔断了，曾婆婆将你背到那个村子去医治——对，就是医治，他们说那个村子有最好的药，你到了那儿甚至不用敷药，只要踏上那个村子的土地就会痊愈……

“……还有一件让你想不到的事情呢！”刘小兰故意停顿一下说，“张叔叔说他亲眼看见你奶奶的魂爬在曾婆婆背上。她走的时候一口饭都来不及吃，曾婆婆很轻松就把她背走了。”

“你不要编瞎话，我前几天在小庙见到我父母了，”林慧不高兴地解释道，“不怕告诉你，我奶奶就是曾婆婆。只是我怎么看都觉得她很陌生——我妈说了，奶奶搬去那个村子的时候我还没有出生，不认识她是正常的——所以一直不与她相认，如果我和她相认了，就必须在那个村子留下来。而我不喜欢那个地方。你不要听张叔叔乱说。”林慧推了刘小兰一把，想将她的话就此堵住。

可是刘小兰越说越不像话。后来干脆发了脾气，说林慧现在“人不像人鬼不像鬼”，根本与她不是一类的。发完脾气她就走开了，林慧一个人坐在废墟上生闷气。就在林慧不知道该往哪里去的时候，不远处传来开门声，她吓了一跳，扭头看见不远处有一座新的村子，像是重建的。

“是林慧吗？”那道打开的门边站着一个妇人。林慧听声音像是自己的妈妈，大着胆子走了过去。

“妈妈！”她喊了出来。

“小鬼呀，你总算舍得回来了。”她妈妈哭着责备，拉着她的手走到堂屋中间坐着，好像知道林慧要回来似的，已准备好一桌饭菜。

林慧走到饭菜跟前，不知道怎么的，她一点胃口也没有，但却本能地低头闻了一闻。

“我昨天和刘小兰吵架了……”

“住嘴！”

林慧话没说完就被妈妈捂住嘴巴。她警告似的低声说：“不要提那个人不人鬼不鬼的东西。我们现在住的村子不允许乱讲话。”

“怎么不见我爸爸。我前几天在刺竹林前边的小庙见到他了，他说去给我找吃的。”林慧岔开话题，她其实也不想再提刘小兰。

林慧的妈妈拉下脸子，好像很痛恨提到这个人。但是又装出一副无所谓的轻松模样跟林慧说，以后不要再提这个人，他去过他的日子了，永远也不会再回来。

“十多年过去了，你以为我还会再等他吗？”

“十多年？”林慧震惊地望着妈妈。她只是离开几个月，哪里冒出来的十多年？她迟疑了一下，又觉得可能妈妈因为思念她闹了什么病，于是笑着走上去，搂着妈妈的脖子——林慧还没有将“以后我们相依为命”这样的话说出口，院坝里却传来一个陌生男子的声音：“是林慧回来了吗？”

“是的。”林慧妈妈很高兴地走到门口，又扭头对林慧说，“这是我后来的丈夫，以后他就是你爸爸了。”

晚上林慧住在妈妈的家里，她听到妈妈在隔壁房间哄孩子睡觉，是的，她现在又有了一个孩子，而那位……林慧始终不愿意叫他“爸爸”……严肃地坐在门边抽烟，往地上踩灭烟头然后慢腾腾地用带点无奈的口气说，“你把她招惹回来做什么？这分明是来讨债的。这种人就不应该留她。我们要把她送到远远的地方去。”

林慧很生气，但是她突然又觉得很开心。这样一来，她就可以正大光明离开，不用想着在哪天晚上悄悄逃走。反正她也不喜欢这个新建的村子和这位后父。为了让妈妈心甘情愿像上一次那样放她走，又装病躺在门板上不吃不喝。不过这一次她不会饿得爬不起来，去了那个村子的唯一好处就是她不用每天吃东西。有好几次她饿的时候，只需要张着鼻子闻闻放在桌子上的饭菜，那种饥饿的感觉就没有了。

然而她这次想错了。她妈妈根本没有像上次那样坐在门边求她留下来，而是端了一碗猪头肉平平淡淡地说：“吃饱点，免得路上饿。”

她失望地爬起来拍拍灰尘，瞪了她后父一眼便溜出门去。

林慧在新建的村子走了很长时间，由于路道不熟，好像在里面转来转去，一直找不着刚刚进来的那条岔道。终于她听到脚下毕毕剥剥的响声，知道是踏在她原来村子的废墟上了，两道热泪冒出眼眶。

“走出去的人，是永远都回不到家乡的。你不信我的话也没有办法。”

是曾婆婆的声音，她和刘小兰以及那位瘦弱的姑娘并排着站在进村的那条岔道口。

林慧一句话也不想说地走到她们跟前坐下，回头望着这片茫茫的废墟。由于天色暗淡，又升起一股高山才有的雾气，使这个地方看上去像一片黑沉沉的苦海。其实，她不敢承认，这个费了很大力气跑回来的家乡，与曾婆婆的那个村子一模一样。

“你决定好了吗？和我回到原来的村子。”

林慧没有回答。她用曾婆婆都撵不上的速度向刺竹林跑去。

响　礼

他是穿着一件破旧的兵娃子的衣裳出现在白杨村，和他一起出现的还有两只羊，一只老白羊，一只小黑羊。由于和羊一起出现，还穿着兵娃子衣裳，这儿的人都叫他羊司令官。

谁也搞不清这个突然出现的人的身份，但是他们可以看出，此人心智不行。

“老白羊是小黑羊的妈妈。”他是这样跟白杨村的人介绍他的羊。

“那你是它爹爹。”刘老三说。

羊司令官咧嘴笑了一下，他有点害怕刘老三。像刘老三这样在村中横着走的人（一个好心的婆婆私底下给他透密），潜意识……不，条件反射的直觉提示他，必须忍着这个人。

“你这身衣裳是从哪里偷来的？”马老五对羊司令官的羊不感兴趣，只是那衣服引起了他的关注。“你这种傻子！”他心里这样说了一句，脸上扬起骄傲的很鄙夷的神态。

马老五每次都这样问，所以羊司令官也不用每次回答。回答也无用。马老五说完径直就走了。

由于他的老白羊在刚进村不久被刘老三杀吃，现在只剩下一只中年的黑羊跟着他。

当然，刘老三还是拿出了一点好处，那就是将自家的一所旧房子送给羊司令官住。

羊司令官搬进那所房子的时候，那位好心的婆婆正蹲在房子的一角啃玉米棒子。见到恩人的喜悦冲淡了他的惊讶，所以，羊司令官第一时间不是跑去问刘老三，老婆婆为什么会出现在这里，而是忙上去为老人家递一张舒适的矮凳。

“我等你很久了。”老婆婆说。

“您知道我要来吗？”羊司令官用尊敬的口吻问。他的尊敬是出自心底的，那天晚上他走累了准备和他的羊歇在村口那个山洞，是老婆婆指给他路，才得以落脚。

“当然。”老婆婆伸手扯掉头发上沾着的蜘蛛网，又说，“从你来这儿的第一天我就知道你早晚会走进这个屋，也好，这儿更适合你。”

“刘老三吃了我的羊，将这处房子抵给我了。”

“本来就是你的房子。”老婆婆放大声音。

“是的。”羊司令官顺口说。他也搞不清为什么走进这间房子的时候，会有很熟悉的景象和感觉，似乎这房子正像老婆婆所说，本来就是他的。

“看你跟我有缘，以后我定期送你一些鞭炮，凡是有喜事或丧事的人家，你都拿了鞭炮去放，一定饿不到肚子。”老婆婆说着就从衣兜里抽出一串，放在她坐着的板凳的一角。

“那怎么行，我要靠双手吃饭。”

“哼，你这个傻子！”老婆婆突然踢翻了凳子，利索地将房子的后门打开，钻出去了。

羊司令官跟着推开后门，外间没有来往的路，只是一片沉沉的水塘。他回头望着老婆婆留下的那串红纸裹着的鞭炮，让他提了这东西去混饭吃，实在不好意思。

然而他却真的提了鞭炮去混饭吃。这个村子每天都有人摆酒席，不是这家生孩子，就是那家的孩子娶媳妇，总之，村子其实挺大的，人多得数不过来，而且还不断见到一些从别的地方搬来的生面孔。

羊司令官很快在村中有了名气，他也感到自己确实获得了某种地位。当他提着鞭炮出现的时候，那些女人孩子和豁牙子老人就站在树下哈哈大笑，对他的到来表现得很喜悦。这个时候他也跟着笑嘻嘻的，路过那帮小孩身边禁不住想伸手摸摸他们的脑袋——当然，这是以前的习惯性动作——现在他不敢随便伸手摸他们脑袋，那些女人和豁牙子老人会在看到他伸手摸孩子脑袋的那一刻，突然变脸呵斥："傻子！放开你晦气的手！"因此，往后谁在任何地方任何时辰见到羊司令官，他都是剪着双手，不说话，也不笑。

刘老三偶尔深更半夜出现在羊司令官面前，像是走了很远的路，疲倦，说一会儿睡一会儿，天亮之前就从后门走了。

他和刘老三算不得朋友，但是，他觉得和刘老三最有话说，可惜他一提起刘老三的名字，村里人都像闻到一场瘟疫那样捂着嘴巴，并且指着他屋背后那片黑沉沉的水塘，很神秘又很惧怕的样子。为了还能继续在村里混饭吃，他只好隐瞒自己与刘老三时不时深夜见面的事。

腊月初九的晚上，羊司令官听说村中靠着老槐树脚下的那户人家的女儿去世了。听说她还没有结婚。羊司令官像往常那样去箱子里拿鞭炮，可是，箱子里空空的。明明还剩一串，竟然找不到。他百无聊赖走出门，在墙拐角遇到了马老五。

"你……你是怎么搞的呀？"羊司令官后退一步，吃惊地指着马老五的脸。

马老五顺着往脸上一抹，从容但是又免不掉几分厌烦的样子说："遇一条疯狗，摔了一跤。"

"青苗死了，我的鞭炮找不着。前几天明明还在。"羊司令官回忆起那天半夜，老婆婆偷偷从后门进来，带了十来串鞭炮放进他的箱子。这几年他的生活全仰仗老婆婆出的主意。只要他提了鞭炮去，那些人就站到一边欢呼——"来了来了！傻子的响礼又来了！"——他只听到那些欢呼的声音，喊他"傻子"，他是听不见的。

"谁跟你说青苗死了？我刚才还在老槐树下跟她说话！"马老五跳过来抓住正在发呆的羊司令官的衣领，"你们两个去哪里？"

"你瞎了吗，什么我们两个？放开我！你个杂毛！"羊司令官声音都变了，这种胆色连他自己都没有想到。

就在羊司令官为自己的胆色和奇怪的发音——他确实听到了不一样的自己的声音——疑惑的时候，马老五突然放开他的脖子，飞一样的跑开。

路上只剩下羊司令官一个人，路两边的桑树枝时不时戳在他身上，有时远处传来几只老鼠咬架的响动，羊司令官更感到无聊。他想试着回忆一下从前的日子，但从前的生活他一点也想不起来。自从来到白杨村，他把过去的生活完全忘记，就像他生来就是三十多岁的样子出现在村口的岔道上。而那只黑羊，经过短短几年时间，已老得动都不能动，他得负担它，为它养老送终。

想起那只黑羊，羊司令官又踏步走了回去。但他走错了路，径直走进一户人家的院坝，当他一脚踩进门槛，一张温和好看的笑脸正迎着他。

“青苗？”他有点害羞地喊出这个名字，一种期盼很久的高兴笼罩在心里，使他说完这句话就自然而然热情地坐到青苗对面的椅子上。

“等你很久啦，你总算来了！饭在灶上，记得吃。”青苗的口气分明是在和自己亲近的人说话，像是……不，这种口气应该是给马老五才对，全村上下都知道他们才是一对儿呢。可是万一他们不是一对呢？万一他记错了，事实上青苗和他才是一对，这也不是没有可能，羊司令官想到这儿心里热腾腾的，要说他如今在村中的地位，娶到青苗这样标致的女孩也在情理之中。于是他自然得仿佛青苗真和他有什么关系，朝着对方肩膀大胆地拍了一下，笑嘻嘻地说了一个字：“好。”

羊司令官嘴里答应去吃饭，却坐着一直不动。因为这么标致的女孩他还是第一次大胆地拿眼睛望她。这之前他的眼睛只敢望羊，或者偷偷望一眼那些已经领了两三个孩子的村妇。青苗就是太白了，白得没有一点血色，但她依然是个很美的姑娘，羊司令官心里评价了一番，又忍不住想：“或许，应该给她喝点红糖水，这会使她的气色好些。”

青苗起身走出门外，她对羊司令官的热情表现得不冷不热，就好像他们认识很多年。她在门口的枣树下捉虫子。她说她在捉虫子。

“你过来。”青苗不抬头地喊话。

羊司令官放下锅盖——这时候他已经打开锅盖，看见里边只是黑洞洞半锅水并没有什么饭菜，心里正疑惑，但是，青苗正巧喊他过去，他就放了锅盖同时也将刚刚冒出来的一点疑惑也放下了。

“什么事？”他轻声说。这话真不像从自己嘴里发出来的。他想起从前马老五和青苗谈对象的日子，马老五说起话来正是现在他喉咙里冒出来的语调，随着，他狠狠地吐了一记口水，因为他突然间意识到马老五如今是他的情敌，也许，从他出现在白杨村之前就已经是了。如果真是这样，那么他和青苗可能是夫妻，马老五是中途冒出来的——色鬼！这真让人不好受。

羊司令官气得脸红红的，穿着厚墩墩的衣服坐在树下，他用脑袋撞树，在将自己撞清醒并且也将怒气完全消掉之前，那棵树就这么咚咚地响个不停。

青苗一直望着羊司令官，她不但没有制止他撞树反而还微笑地望着。

“好啦。你随我来吧。”青苗走过去提着羊司令官的头发，那上面已经沾着一点红色的血丝。

“我看你对我实在真心。马老五没来之前，我们赶紧走吧，让我带你去一个新发现的好玩的地方。”青苗说完，伸手过来牵他。

羊司令官满口答应，在握住青苗手的那一刻，他感觉像是握住了很多条略微冰凉的软乎乎的虫子，可是这也没有阻挡他要和青苗去那个好玩的地方。是的，他就是那么信任她，就在刚才见她的第一眼，这种毫无保留的信任已经牢固地长在心里。

正当他们手牵手要走，那位好心的婆婆却突然从巷道的拐角走了出来。她似乎很少出来走路，靠在墙边喘气，握着拐杖的手抖得很凶。羊司令官心里“咯噔”了一下，他感到不可思议，因为很短的几天时间，这位婆婆竟然老得这么快，连路都走不动了。

“天哪，您像是被风吹老的！”青苗也很同情，然而，不知为什么她说这句话要带着笑脸。

“哪里来的回到哪里去。”老婆婆很不高兴，她这句话是专门说给青苗听，同时走过去将两只牵着的手掰开，把羊司令官从青苗那边拖了过来。

“你去是不去？”青苗毫不示弱地望了一眼老婆婆，又转头问羊司令官。

“如果你跟我去，你的那些丢失的记忆就全部想起来了。”她又说。

羊司令官有点动心，然而他的脚才稍稍动了一下，青苗就被老婆婆用拐杖指着呵斥跑了。

“你这个蠢货！我可是救了你的命！”老婆婆瞪了羊司令官一眼。

“一定有什么误会，青苗不是坏人，她对我是真心的。老婆婆您……”

“闭嘴！”老婆婆打断他的话。

羊司令官只好跟着她往那条黑漆漆的巷道里走，这儿不像是回家的路，而扭头也看不见青苗家灯火通明的房子了。他们贴着墙脚走，有时避不开要踩到几只怪叫的老鼠。一个时辰之后，他感觉走到了一条生着杂草的路上，周围仿佛还长着许多桑树(他伸手摸了一下枝条)。

“我的脚要走断了。”他边说边弯下身子抠脚。他感到双脚正在流血，因为潮乎乎的带着血腥的气味飘进了鼻孔。

“这是你不听我话的后果！”老婆婆语气重，还反手指着他。

“您看到了，青苗对我确实一片真心。”

“她是马老五明媒正娶的老婆，你要再去纠缠，这双脚迟早会断掉，到时候谁都救不了你！如果你不听劝，我也不会再管你了。我们这个村每天都有几个像你一样的人在村口徘徊，可是唯独你才有这种幸运被我们收留，不然的话，哼，你看看，晚上你好好张着耳朵听，那路口多少人忍受着饥饿和寒冷，以及长途的困窘和疾病，你要是不相信，我可以带你去看，路口的人瘦得像一股青烟。你好好想想吧，要不是我和你爷爷是旧相识，他托付我照管你，我何必花费这么多心神！”

老婆婆的话让羊司令官不能有回嘴的勇气，即便他很想辩解，青苗和马老五还不是夫妻，并且那位马老五根本配不上青苗，他们永远都不可能走到一起，同时他又想起马老五总是动不动就拿他身上穿的旧衣裳取笑，还夸张地用那种专门对付傻子的表情望着他说：我要剥了你的这身狗皮！在这种心结下，他更是排斥青苗与马老五的关系。然而，这些话他一句也说不出，老婆婆对马老五并没有什么坏印象，她总是替他说话。不过，刚才她说到与爷爷是旧相识的时候，羊司令官起了点好奇心，他暂时把青苗和马老五的事情抛到一边去了。想不到在这个一点印象也没有的陌生村庄，还能遇到爷爷的故人——当然，爷爷的样子他也没什么印象。于是抬脚追上两步，想再仔细看清这位爷爷的旧相识。说实在的，他和老婆婆隔三岔五见面，却每次都是毕恭毕敬低头与她说话，以至现在努力从脑海中过一遍，也不能准确地知道这位恩人的样貌。

“你不用看，我的样子你记不住。”老婆婆走快几步，彻底把他的视线甩开。

羊司令官听了老婆婆的话迟疑了一下，又忙慌慌跟在她身后，却发现越跟越远，最后，这条陌生的黑路上就只剩下他一个人走路的响声。

大片的雪是从偏角屋檐上飘到羊司令官床前，床正对着窗口，摆在窗下的一双黑布鞋此时成了白色。他裹紧被子躺着不动，门外传来急躁躁的脚步声。不一会儿那声音就向着他的房子靠近，听到“砰”一声，门开了，马老五阴沉着脸站在那儿。

“什么事？”羊司令官翻身坐起，快速地在被子底下穿衣服。

“青苗死了！”马老五跳着双脚说。

“这个消息上个月已经说了。假的。我见到了活生生的青苗，还和她说了一会儿话，但是老婆婆很不高兴（我想你们一定是亲戚），她说你和青苗才是一对，回来的时候她把我丢在黑漆漆的路上，你看看，我的小腿肚还留着那天晚上树刺刮出来的伤疤。”羊司令官穿好了衣服，边说边跳下床。

“我知道！想不到你已经发现这个秘密了。”马老五低下头，有点失望和伤心的样子，又说：“我以为除了我之外，她不会将假死的消息透露给别人。哼，你一定是想和她离开这里。然而我劝你放下这些想法，根本不可能，如果那么容易离开，我和她早就离开了。实话跟你说呀，你那位好心的婆婆根本就不会放你离开这儿，她这个人最喜欢管闲事，却又不允许别人破坏她的规矩。当初我也和你一样徘徊在路口，也是和你一样被她领进来，可以说，这个村的人都是被她领进来的。现在我们逐渐习惯了这里的生活，而村子外边的事情由于不记得，也就永远不会想着回去。只有青苗，她不是被老婆婆领进来的，说实话我也不清楚她怎么进来的，反正，她想离开这个地方轻松得很，来，你坐过来一点（马老五凑近羊司令官的耳朵放低声音），老婆婆说这儿时常跑走一些人，三个两个，有时多到十几人，全是青苗带出去的。'她是专门来和我作对的！'我亲耳听见老婆婆发脾气。"马老五说完脱了鞋子钻进被窝，仿佛这儿是他自己的家一样。

羊司令官呆呆地望着马老五，他不确定这个人说的话有几分真，有一点倒是可以看出来，马老五对他有嫉妒之心。想到有人因为青苗的事情对他怀恨，竟然有点高兴。

"她可是你对象。"羊司令官故意这么说。

"从前是。现在你才是她对象！那天你和老婆婆走进她的院子，我就知道，她的心思已经放到你那儿去了。本来我应该剥了你的皮！"马老五狠狠地说。

羊司令官缩了一下脚，往身后的墙壁上靠，他最害怕从马老五的嘴里听到"剥皮"两字。

"但我还是希望你离开这儿，毕竟我对青苗是真心，不想为难她。你到底想不想离开这儿呢？"马老五又说。

"想。"

"那好。今天晚上我带你去见青苗，她会带你出去。"

马老五说完困意上来了，倒头就睡。羊司令官伸头看看窗外，已过正午，围墙上几根干树枝裹着厚厚的雪。他没有足够的勇气将马老五喊醒并请他出去，只好轻手轻脚坐在一边，才坐了一会儿他又站起来走几步，现在他心中填满矛盾，一方面想跟青苗出去，一方面又觉得对不起老婆婆。不管怎么说，当初是老婆婆指给他明路，并且教给他一个放鞭炮的办法，要说过日子，这种日子也不坏。在别的地方就过得比这儿好吗？再说，那些丢失的记忆有可能使他今后的每一天都过得不舒服。想着想着，羊司令官在窄巴巴的房间里走得满头大汗。他终于走累了，斜靠在床边，眼睛望着熟睡的马老五，他觉得这个人很可能对他编造了谎话，想方设法将他撵出去。在青苗这件事上，以马老五平时的气焰，他会这么轻松放过人并且反过来帮他的情敌吗？想通这一切的时候，突然，羊司令官仿佛在那张熟睡的脸上看见一闪而过的笑。“他睡着了都在笑！”他愤怒起身，坚信自己没有看错，这个人睡着了都这么嚣张，都这么欺负人，自从他住进这个村子，他就处处受到马老五的冷眼。这猛然的怒气让他忍不住抬脚走进厨房——“我要剥了他的皮！”——他心里叫嚣着提了一把剪刀出来。没错，是一把剪刀而不是锋利的菜刀，因为他在拿起菜刀的那一刻被自己的举动吓退了，但是又不能空手出来。然而握了剪刀的人心里比谁都清楚，怒气正在随着步子的前移而消减，最后简直要走不动路，要停下来喘口气才行的样子。

终于，羊司令官怕兮兮地握着剪刀来到了卧室门口。

卧室的门关着。可是他刚才是用飞一样的速度冲进厨房，没有关门。就在这时门内传来了说话的声音，老婆婆的声音，还有一个老年男人的声音，好像另外还有别的人，他们在小声争辩什么，房间里乱哄哄。他把剪刀轻轻塞进衣兜，耳朵贴近门板：

“你瞧，他干了这样的坏事，我们还要收留他吗？可怜的马老五，你看他的头在枕头底下都压扁了，死得太不像样子。”好几个人乱哄哄地说，他们带着气愤和不安的口气。

“如果不是青苗来勾搅，我的孙儿没有那么大的胆量，一定是嫉恨冲昏了头脑。”老年男人用恳求和辩解的语气。

“你不能这么偏袒，虽然他也是我的孙儿，这都怪你，这么早将他引到这儿来，说来说去你都有推不掉的责任。”老婆婆似乎推了一下老年男人，他摔倒了，发出闷沉的哼叫。

“是的，我们要将他撵出去！我们不能让一个只会放几颗鞭炮的人在这儿浪费粮食！”人们喊叫起来，把房间里的东西也砸在地上。

羊司令官在门外听得一头雾水，但是一种说不透的恐惧也从心里升了起来。他现在感到谁都是危险的。谁对他好都是表面的。不过他心里也很感动，那位老年男人似乎还固执己见，对他怀有天生的眷顾。

门开了。门是被他不小心撞开的，也可能是他气愤得一脚踢开的。当他定眼一看，房间里除了马老五，没有别人。马老五已经醒来半靠在床头，手里夹着一段抽了几口的香烟。

“把你的剪刀拿出来，我要修指甲。”马老五说。

羊司令官战战兢兢掏出剪刀递过去。他不清楚马老五怎么知道自己衣兜里藏着剪刀。然而，他现在什么都不想思考，先前那一番心底的折腾，闹得很累。天就要黑了，他得抓紧时间睡一会儿，晚上准备和青苗见面。“离开这儿也好。”他很泄气地想。

羊司令官原本睡得很熟，但是他被霍霍的磨剪刀的声音吵醒了。他又裹紧棉被到门口张望，看见马老五背对着门，坐在雪地上磨剪刀。

“不用看，你是记不住我的样子的。”马老五好像是在自言自语，又像是对羊司令官说。

“我们什么时候去见青苗？”羊司令官问。

“急什么，剪刀还没有磨好。你放心，我说话算数，早晚会让你见到。”马老五抬手试一下剪子的锋利，扭头看了一眼羊司令官（羊司令官知道，他是在看他的衣服）。

“走，我给你修一下衣服上的疙瘩，你看看，都起球了，你到底还有别的衣服没有？”马老五说。

“我只有这一件衣服。它是穿不烂的。”羊司令官很得意。他这件衣服进村的时候就穿着，到现在，连当初那只小黑羊都老死了，衣服还……只是起了点球。

马老五不想听这些，他让羊司令官坐在椅子上，然后不由分说拿起剪子往衣服上修整。

“你现在看起来很精神，简直有你年轻时候的样子了。以现在这种模样，我相信青苗一定会喜欢你，一定不会变心。当然，我也只是单方面相信她不会变心。”马老五嘴巴不停地说话，手也没有停下，衣服上小小的毛球越来越少，它已经恢复到刚刚穿进村时的样子。

对于马老五的话，羊司令官听不明白也不想问。他现在一门心思在幻想与青苗见面的场景，他是需要带点什么礼物给她呢？但很快，他从幻想中醒来并且觉得浑身不舒服，马老五的样子凶恶，瞪着大眼修剪毛球的手法就像是给一只老山羊剥皮。他感到一种仇恨正在用隐藏的方式在他身上施展，那把冒着大雪磨出来的剪子很可能就要瞄准他的某个致命的部位。这种担忧令他坐立不安，简直要从椅子上滚下来，而且目光中似乎还发出了求饶的信息。

然而，平安无事，马老五收起剪子对他说，起来吧，胆小鬼。

深更半夜，马老五带着羊司令官出了门。为了不使人发现，他们是摸着黑出门的。其实也不完全黑，只是云层太厚，月亮不能爽朗地露出来，他们依然可以辨别到对方的影子。马老五走在前边，他作为领路人，时不时停下来等一等落在后面的羊司令官，有时忍不住冒出一两句简短的怨言。路上偶尔遇到几个走路飞快的人，要撞上马老五和羊司令官的时候突然就跳墙逃跑了。马老五说，鬼撵着你们吗！贼货。

“他们肯定是贼。”羊司令官说。因为他明显地撞到了那些人之中的谁的包袱，里边叮叮当当塞满了货物。如果不是偷东西，谁会半夜三更扛着包袱乱跑。这儿平时也常听人说丢了东西。

“快走吧，赶时间呢。”马老五不耐烦地催促。

羊司令官加快步子，却依然跟不上马老五的脚步。他睁大眼睛追着这个像贼一样跑得飞快的影子，担心一不留神，这个没有丝毫耐心的领路人就会跳墙而去。

“你走慢点，我跟不上……”羊司令官已经开始小跑了，他的衣服也随着小跑中带出的汗水把皮肤裹得紧紧的。

“再不快点，就晚啦！”马老五也放开脚步跑起来，他本身走得不慢，这一跑，更把羊司令官甩得老远。

两个人就这么奔跑起来，一快一慢，一前一后，中间还时不时窜出几个蟊贼将他们撞得头破血流。而羊司令官，他本身性格软弱，这一点似乎连蟊贼都清楚，当他们撞到他的时候，就用那种尖利的难听的嗓音骂他："傻子！你赶去投胎吗！"

"是，就是去投胎！"

听到辱骂的羊司令官很生气，又不能找到更好的回答，于是说了这句连他自己都不曾料到的话。

马老五始终没有放慢脚步，他对后面羊司令官遇到的麻烦丝毫不关心，不过，他似乎跌倒了，而且掉进了很深的河水。

"你怎么了？"羊司令官抹了一把眼皮上的汗水。这会儿他跑起来倒是很快，而且马老五实际上离他也不远的样子，三两步就到了马老五身边。

"没什么。"

"我看你掉进河里了。"

"不要胡说八道。快走。"马老五扯着羊司令官的衣袖把他推到自己前面。

羊司令官弯着身子看路，他分不清那些散发淡白光芒的是水洼还是石头。他的脖子发麻，眼睛也酸涩。"我们还要走多久？"他问。

"到了，"马老五刹住脚步，又用命令的口气说，"把你的脑壳抬起来。"

羊司令官抬起头，望见一片黄突突的山坡，这是他从来没有到过的地方，但看上去又有几分眼熟，有点像他当初迷路的村口的岔道。对，旁边仿佛还有个山洞，那正是当年准备留宿的地方。

“我只能送你到这儿，剩下的一小段路，你自己走过去。青苗就在那边等你。”马老五指着山洞的反方向。

“现在我准备回去。你知道的，天冷成这样，为了送你出来我忘记多穿一件衣服，现在你必须把衣服脱给我穿。反正你和青苗去了那儿，会有穿不完的新衣服。”马老五浑身抖颤，牙齿咯咯作响。

羊司令官想说什么又不能说，马老五确实穿得很薄，而且也帮了他的大忙，于是，他只能不甘不愿地脱下这件穿了很久的衣服递过去。马老五顺手接过来，将它装进一只布口袋(不知他怎么来的这只口袋)，然后向羊司令官行了个礼，就和那些贼货一样飞快地跑走了。

“真稀罕，他竟然向我行礼！”羊司令官高兴地想。接着，他听到河水的响声从不远处传来，在微弱的云层后边的月光照射下(现在月亮比先前好了)，看见河身并不宽，他猜想这是一条浅水河，因为河面上的黑点一定是埋在水中的石头，他可以踏在这些裸露的石头上跳过去。他还发现对岸站着一个人，似乎在向他喊话和招手，那人声音细细，身材也很柔弱，“肯定是青苗。”他想着便扬起胳膊向她挥手说，“我很快就过来！”

羊司令官不多想就踩进了河水。不错，确实是一条浅水河，可能汇合了温泉的缘故，河水不冷，还能感受到热水钻进皮肤的舒服。他大胆地往前走。可是走几步他开始后悔自己的判断，这条河有的地方深有的地方浅，深的地方他甚至被河水淹到脖子，好水性在这一刻丝毫不起作用，水也变冷了，是刺骨的雪水的冷。他感到被什么东西拽着往下沉，当他好不容易将脑袋浮出水面时，自己扑起来的河水又呛进嘴巴，于是他尝到了水是咸的，是海水的味道。这可吓坏了，他越是急忙，呛进喉咙的咸水越多。他哭了起来，水冲到脸上的时候泪水也被带出来。他含着哭腔诅咒马老五，喊着他的名字一遍一遍地说："你这个恶鬼！你让我出去，我一定要剥了你的皮！"

"青苗救我！"羊司令官吼出这句话努力向岸边看了看，那儿没有传来任何回音。先前河岸的人影这时候看不到了。河边只有灰扑扑的草林。他感到心灰意冷，原本努力向岸边靠近的身子停下来，不错，他因为挣扎而丢掉了鞋子的双足正触碰到河底的泥沙，他的头发竖了起来，扯痛的头皮像被谁提着走。他已经完全被河水吞下去。一股寒冷裹挟着他的身体，在这抖颤的身体上他想寻到一点可以御寒的东西，比如衣服，可是抓了半天发觉自己光着上身。他觉得很羞耻同时也很痛苦，难怪自己要被人称作傻子，为了青苗他竟然什么都不放在心上，包括自己的衣服被马老五剥走，光着膀子陷进困局也浑然不知。更倒霉的是，现在有什么东西——可能是鱼——正在撕咬他，快了，很快他就完蛋了，这些小小的鱼千军万马地张嘴杀过来，正是看中了他这道菜。

"婊子！"他怒了。世上只有青苗这样的人才会让他改变从前的生活而陷入绝境。可是青苗此刻只是个十足的旁观者——假如岸上那个人影真的是她——无论他怎么呼救，对方也无动于衷。说不定，青苗正在岸上看他的笑话。是的，她一定和马老五约好了来陷害他，一个傻子的平安无事的幸福人生，怎么不遭人嫉恨呢！他敢肯定自己猜测的一切都是真相，也因此气得紧握拳头，突然，他有了很大的力量想浮出水面，因为他要报仇，在赤裸的皮肤被水底什么东西撕得生疼的时候，他借着这股疼痛的力量张开双臂往上划了几下。他浮出水面并且幸运地游到岸边。

“你骂得很过瘾吧？”是青苗的声音，她好像把刚才的一切都看在眼里，包括他心里想什么。

羊司令官张眼看半天才发现青苗站在一个山洞门口。她穿着一身黑衣服，只听见说话声而看不清脸。他慌忙地走过去，是笑着走过去的。

“我来了。马老五送我来的。”他已经忘记刚才的困境和抱怨了，语气充满讨好。他故意走近青苗，却还是看不清她的脸。月色又是浑突突的。

“你记错了。是刘老三送你来的。什么？不相信？不相信可以去看，他现在还等在山洞里。他说就要看看你有没有勇气自己蹚过这条河。”

他们走进黑幽幽的山洞，这儿简直一丝亮光都没有，羊司令官绊了一跤。

“急什么，你走慢点。”

确实是刘老三的声音。羊司令官又疑惑又不得不接受事实。他想跟刘老三打个照面，却不知该从哪个方向走。他听到青苗和刘老三小声地说话，似乎还喝了对方递过来的水。

“不点灯吗？我什么都看不清。”羊司令官说。

“你当然什么都看不清。刚来这儿的人就是这样，什么都看不清。慢慢习惯。”又是刘老三说话。

“我们什么时候走？这儿简直像地牢，我感到很饿，也冷。”羊司令官摸着一块石壁，坐下来。

“你确实想好要走吗？”青苗插嘴问道。

“是的。我愿意去你说的那个好玩的地方。”

他听见青苗叹了口气，接着，她细声细气地说：“好吧。这是你自己选的路，可不要怪我。路程远，你先睡一觉，睡醒我就带你走。”

羊司令官醒来的时候还是半夜，很奇怪，这一夜的时间仿佛停滞了。他睡得很饱，心情大好。

“我们可以走了。”他站起身随便朝山洞的一边说，反正也黑漆漆的，看不见青苗也看不见刘老三。说起刘老三，他现在有点恨他，为什么在那边青苗和马老五是一对，而在这儿，他总算可以和青苗走一路，又冒出个刘老三来。

就在这时候洞门口有急促的脚步声，接着是马老五的声音冒出来。他好像得了什么大病，用只有屏住呼吸才能听见的声音喊青苗出去，有事说。

“不到你来的时候。你来做什么？”

羊司令官听到青苗用不高兴的语气和马老五说话，心中大喜，并且很想走过去骄傲地抬高脑袋却用温和的语调跟马老五打招呼，这种对付情敌的方法他在心中演练多遍。但此刻什么骄傲都没有用，什么骄傲都隐没在黑夜中。

“我来还一样东西。”马老五说。

“心虚吗？你已经剥下来了，还有什么用。”

羊司令官听到他们的声音很靠近，仿佛就在耳边。他想伸手抓住马老五或者青苗，却不能做出这个动作。大概湿漉漉地从河水里跑到山洞中睡觉，受了寒气，他迈不动脚。

“我要冻死了。”羊司令官打断青苗和马老五的谈话。

根本没有人听他的。他们继续说道：

“现在你只有留下来照顾他。青苗肯定不会反对这个提议。你已经跨过了那条河，这个时候想回去也不可能。看看你都干了些什么，他的身上全是伤疤，那腿上，看见了吧，插满了鱼刺。”马老五也参与了谈话。

“不行，他不能留下。他还不到跟我们一起走的资格。”青苗一口否决刘老三的提议，又说，“你带火了吗？他说冷。”

马老五窸窸窣窣地掏出一些东西，好像找着几根火柴递给青苗。

“说起来那衣服也是我的。传了两代人，落在他身上竟然不起作用了。你看他穿这件衣服有一点意思吗？他简直是仗着他祖宗的恩惠在世上招摇撞骗。而你也那么迁就和宠惯，造成这个人如今像废物，不成器。我是在恼怒的情况下剥了他的这身狗皮！可是我现在又后悔了。即使他一事无成，是个纯粹的傻子，或者是个坏透的骗子，也注定要从我手中接走这件衣服。我只能在这儿羞愧地承认，就在刚才渡河的时候，我偷偷地清洗了这件衣服。现在它看上去很新。那些认识它的人都会看在我清洗的分上，让我的孙子——那个小骗子，继续放他的响礼，继续荒废他的日子。然而，我想请你不要这么早带他去那儿，我看得出来，你也不想这么快带他去。”

这话初听是马老五的声音，再听却是一个陌生人的语气。羊司令官仔细搜想了一遍，突然想起之前在那个村子他的房间门口，听见一个陌生老年男人的声音，和现在这个人说话的声音丝毫不差。

“这事不怪我。他自己急慌慌地要去那儿。况且我们将他送到那儿，往后再送到更好的地方，这样一来，你传下来的衣服就会在各个地方出现，就像开枝散叶一样，很多人会从他身上看到你的影子。至于白杨村，他早晚是要离开，只不过现在意外地提前了一点。”

羊司令官吃了一惊，因为这话听着也不像青苗的声音了。越听越不是。但又有着不可抗拒的亲切感。他又仔细想想这声音的来源，不错，他想到那位好心的婆婆，只有她的声音才会让他无来由地感到亲切。那天晚上她丢下他后，已经很久没有出现在白杨村。这次出来，他也没有和她告别。

“爷爷？”他不知道为什么会突然这么喊，而且是带着愧疚和心痛。

他喊出这句话，洞口一点声音都没有了。

陷入沉寂后，羊司令官沿着洞子走了一圈。连他自己都没有想到身体恢复得这么快，冷和饿已完全消失。

“不成器的。”

羊司令官听到话音从背后传来，立刻扭头去看。老婆婆坐在一小堆干柴旁边点火。

“你不是冷吗？过来烤火。”

“刘老三呢？”他照着火光四处看不见刘老三的身影，而且马老五也不见了。

“不用找，马老五也走了。”

“那么，青苗呢？是她带我进来的。”

“什么青苗！这里除了你，我没有看见任何人。”一提起青苗，老婆婆很不高兴，她显然是在说气话。

羊司令官也生气，他明明听见他们在说话。

“我去找。”他跑了出去。

外面天色还不亮，但是浑突突的月亮倒是完全从云层背后跳出来了。月光照在先前他的来路上，他顺着这条路往回走。也许青苗是碍于和老婆婆的紧张关系才躲在某处。

“青苗，我来了，你在哪里？”他轻轻地喊，脚步倒是放得很快。

“哟，这不是羊司令官吗？你们两个去哪里？”

他遇到白杨村的一个放羊的男娃娃，他慢悠悠地走在路边草地上。

“什么我们两个？”羊司令官扭头看看四周，除了他自己不见别人，“你小娃娃，也学会骗人了。”他走过去敲他的脑门。

“你爷爷就站在你背后，不是两个是什么？我还看见你背他走了一段路。”

小羊倌的话把羊司令官吓得不浅，但很快他意识到这绝对是假话，在白杨村，三岁的孩子都可以和他撒谎。所以他转变话题问道：“你有没有看见青苗姐姐？我在找她。”

“什么青苗姐姐！我不认识！”小羊倌突然变脸，然后飞快地向前跑。

“你去哪里？你的羊……”

“那是你的羊！”

羊司令官扭头搜索小羊倌刚才站的草地，那儿的两只羊把他吓了一跳，一只老白羊，一只小黑羊，他望着它们的时候，它们放弃嘴下的青草朝他走来。

这回轮到羊司令官拔腿就跑。

他跑到那条黑沉沉的河边，那儿的河风夹着一股难闻的臭气扑在脸上。当他转身要去别的地方寻找青苗，却听见河边传来青苗的声音。他急忙扭头，望见了一张疲惫的脸——是一张疲惫的老婆婆的脸！

“您怎么在这儿？”他其实想说，您怎么用青苗的声音与我说话。可是他简直无法形容此刻的心情，这种无法逃出老婆婆视线的恐惧让他不能正常表达自己的意思。

“您简直阴魂不散哪。”他在心里这么说，嘴巴紧紧闭着。

“我可是救了你的命，如果不是你祖宗有点本事，你能拿着自家流传下来的鞭炮四处混饭吃吗？你获得的那些所谓的尊重，全都是我们给你的。”

“您错了。我已经很久没有用您的鞭炮混饭吃。我其实一直靠自己的双手，我没有靠任何人，全村人的房子漏雨，都是我修好的，我早已经学了一门手艺，根本用不着再使用您的响礼。再说那东西我一开始就不怎么同意，是您强加给我的。我是受害者。就因为您给我安排了所谓的出路，导致后来怎么努力，人们都以为我是沾了您的光，只要一放鞭炮，那些人就指指点点，‘哎呀，混混儿又来啦！沾了他祖宗八辈儿的光。’他们一这样说，我那些手艺就显得薄弱，简直没有翻本的机会，永远只能落在您的庇护下。”羊司令官这几句话说得很流畅，连他自己都很佩服这会儿的机智和胆气。

“不成器的！你摸摸自己的腰包再说吧！”

“您不要再假装青苗的声音了。”羊司令官用气愤和警告的口吻，手却不自主地摸向身边的口袋（虽然他知道自己光着上身，但还是不能控制双手），口袋里装着一条之前没有找到的鞭炮。他竟然穿着衣服。这衣服不是被马老五拿走了吗？他的手放在口袋里僵住，脑子也僵住了。

“怎么回事……”他想不通。

“怎么回事？哈哈，你不知道吗？你是靠着祖上的荫德。”老婆婆仰起头笑了一笑，“你一辈子都改变不了的。你肯定只能在我们画好的圆圈里活动。你看看，你踩着我刚才的足迹窝走得多么顺畅。”

“走开，我不认识你！”羊司令官跳了起来，并且往后退几步转身就走。他简直不敢相信这位可敬的恩人是这样一副面孔，她竟然用青苗的声音来教训并且将他引进那个黑漆漆的山洞。他因为放鞭炮得来的坏名声——现在他终于承认那些村民的笑脸全是怀着一肚子讥讽和嘲弄，而并非他当初以为的尊重——全是拜老婆婆所赐，这些坏心眼一定是在领他进村的那一天就谋划好了。想起来多么可恨，可怕。他加快了脚步。

“你去哪里？”又是青苗的声音。

他断定是老婆婆假装的，没有停下脚步的意思，但是，他不由自主地停了下来。

“你不是答应了要去那个好玩的地方吗？咋又反悔了！”

羊司令官听了这句话立刻转头，站在身后的的确是青苗，她正笑眯眯地望着他。

“你跑到哪里去了，怎么老婆婆会突然出现在山洞？我没有将来这儿的消息透露给她呢。”

“什么老婆婆，你看错了吧。山洞里除了你和我，没有任何人。”

他被青苗的话弄得很糊涂，为什么她们都不承认见到对方，而他明明是在那个山洞看到了老婆婆，也确实是青苗将她带进山洞，然后，老婆婆出现的时候，青苗就不在了。

“我真的看见了老婆婆。”他不服气，难道自己年纪轻轻，会眼神不好吗？

“这样说来，你是看见了鬼吧？或者，你看见几十年之后的我。我和她根本是一个人。这样说你怕不怕，信不信？”青苗像是开玩笑，又不像。看上去说得挺认真的。

“我不怕。假设老婆婆真的是你，那么，那个老年男人就是我自己啰。”羊司令官很轻松地说出了这句话。自从他离开白杨村，说话就越来越流畅，一点也不是沉默寡言的样子。只不过，他看青苗的眼神依然有几分痴傻。

“那就未必了。”青苗话中有话，拖长了声音说。

“我们什么时候走呢？”羊司令官转开话题，离开这儿才是他最关心的问题。为了出走的事开罪了老婆婆，再回到白杨村是不可能。

青苗仔细打量他，然后说：“那你把这个套在脚上，明天晚上我们要干一件大事。这些事做完，我们就可以去那个想去的地方了。”

羊司令官接过青苗手中的东西，这东西在暗淡的月色下怎么都看不清，摸上去像一把轻飘飘的草，也像平时扔掉的旧草鞋。

白天他们躲在山洞里不出来，青苗说日头太烈，晒得她头晕眼花，又说害怕村民过路看见，那就走不掉了。羊司令官什么都听她的，又靠在洞壁上睡了一觉。白天很短，似乎是一晃眼就过了。

“好像河那边的日程长，这儿日程短。”羊司令官感叹。因为这个时候已经天黑了。他非常高兴能尽快完成那件大事，然后彻底离开这儿，对那个新的地方满是期待。

“这没什么。你总得习惯走点夜路。”青苗收拾着一些东西，往一只大口袋里装。这让羊司令官想起路上见到的那些贼货们扛着的口袋。他隐隐地觉得——他也不知道为什么会这么想——青苗那天晚上很可能就混在那些贼货中间，他想仔细观察她的额头，看有没有什么伤疤，因为那个晚上在路上挤来挤去，撞得头破血流，他自己的伤疤摸着还有点疼呢。

“看什么看，你看得清什么。”青苗说。

羊司令官赶紧挪开视线。直到青苗说可以走了，他才急忙跟过去。

“现在，我们要把先前走过的足迹全部抹平，让人看不出来，这样以后谁都找不到我们，也就可以安心地在那个地方住下。这件事干起来相当困难，但是，从这儿出去的人都很有信心。你呢？”

“我有信心。”他简直有点兴奋了，离开这儿要抹掉走过的足迹，这正是他想干的事情，他才不想被人发现——主要是被马老五和刘老三发现，他要和青苗到那个谁都不认识的地方好好生活。然而，他走了那么多路，留下那么多足迹，肯定要花不少时间和精力。想到这儿他睁大眼睛盯着地面，担心抹漏了哪怕半只自己的足迹而被人发现。

羊司令官由于非常认真，不亮的月光下什么东西都看不清，而他的眼睛又不想丢失任何一只可能藏在草丛里的脚迹，他极其懊恼，想不到自己之前走了那么多不必要的路，留下这些麻烦的烂摊子怎么都收不完，更可气的是，他的眼部肌肉紧张，左眼皮和右眼皮一直突突跳个不停。

“我的左眼和右眼要跳出来了！”他使劲揉了一下眼睛。

“大喜！大灾！”青苗弯着腰大声回答。她没有抹足迹，在地上捡什么东西。

“你在干什么？”他很生气，感到青苗又在耍心眼。不抹足迹的话，马老五和刘老三还可以找到那个地方，而他所做的，简直白费力气。难道她还藏了什么私心吗？羊司令官又胡思乱想了一阵。

“我摘火草。等下我们要经过一段没有亮光的路，到时候就用上它了。”青苗举起手中的东西。

“那你的足迹……”羊司令官说到一半低头指她的脚印，可他怎么也看不清，她站的地方像有很多双脚印又像一双都没有。

“我早就抹干净了。比你早。”青苗平淡地回答，直起腰瞪着他，又说，“你再啰唆，就别想走了。”

羊司令官只好压下刚刚冒出来的一点脾气。

于是，他们各做各的，有的时候甚至分开很远，羊司令官偶尔抬头看见青苗站在河的那边，再一看又在自己身边不远，她一句话都不说，但是喉咙里呼噜呼噜，好像摘火草是一件相当要力气的活。他甚至看到她累得弯腰驼背，拄起了拐棍，当她转身背对着，那背影简直和老婆婆一模一样。

“青苗！”他忍不住大喊。

“扳命吗！”她吼道。

羊司令官被吼得清醒了，不知该说点什么。

果然和青苗说的一样，羊司令官逐渐感到自己被带进了一片黑暗之中。他看不见青苗但可以听见她的呼吸声以及脚步声。在这种地方她倒是踩得咚咚响，而他的步子却轻得像两朵棉花。

“终于走到这儿了。你要跟紧，走丢了我不负责。”青苗语气冷漠，像是对不相干的人说。

羊司令官当然很失望，并且也很伤感，青苗的性情忽冷忽热，一点也不像个正常人，然而没有别的办法，路已经走到这儿来了，况且这地方由于黑沉沉的用不着抹脚印，他只需全神贯注地跟紧她，其余什么都不用管。

“你的火草呢？现在可以用上了。”羊司令官想缓和一下气氛。

“你眼睛长在背上吗？火草早就用完了。刚才你看见的那些路，全是它照出来的。就怪你一直和我说话打搅，火草才不够用。不然我们可以点着它走完这条路。”青苗气愤地说，可能她意识到自己的暴躁，又改换口气——“算了，你不用太着急，再走一段路就会有火草，到时候可以多摘一点。”

羊司令官确定自己没有看见她点火草。

“你饿不饿？”青苗递给他一样东西，像一块煎饼。他咬一口马上就吐了出来。“泥土！”他简直要气死了，但又觉得这可能是青苗故意开玩笑。

“我不是跟你开玩笑。这东西可以增强记忆，如果你不想恢复记忆，可以不吃。”青苗走远了，他听见脚步声小下去。

羊司令官又咬了一口。他断定这是泥土。当他准备和青苗说，却听见远处有人争吵。

“马老五！刘老三！”

天色亮开了，所以他看见了马老五和刘老三各自站在一棵树下。他扯着嗓子喊他们。当然是非常吃惊愤恨地喊。

“你们怎么会在这儿？”他冲上去堵在这二人的中间。

可惜，这二人像是根本瞧不见他，简直没有看见他似的，继续争吵。而青苗从另一棵树上下来，真是稀奇，她怎么爬到树上去了？羊司令官走过去，低声说：

“你看见没有，马老五和刘老三追到这儿来了。你一定抹漏了脚印，不然……”

他突然停住话，因为他看见了小羊倌。

“你怎么也在这儿？”他很惊讶。

“我来送你，不，我路过。”小羊倌像在隐瞒什么。

“我要和你青苗姐姐去……我们路过这儿（他不想说出去向）。你不好好呆在家，瞎跑什么。你一定是和马老五刘老三他们过来的。你看看，他们就要干仗了，还不过去帮忙？”

“你在说什么呀，你记性烂掉了吗？刘老三吃了你的羊，被你扔水塘淹死啦！”

“小鬼，你在诬陷我！”羊司令官气愤得很。这无中生有的事情，连这么小的孩子都会编造。他庆幸自己离开了白杨村。那真是个无情无义的地方。

“不要急躁。现在你和我是一条道上的人了。只不过今天晚上我要回家了，妈妈捎信过来，她很想念我，她的眼睛都哭肿了。”

“好吧。小鬼。”他巴不得小羊倌回去。

晚上，小羊倌摸着黑路向白杨村的方向走。他像是被什么东西扯着衣服往后退。

“他真是个不错的孝子。”羊司令官说。

“这就是我撵他回去的原因。”青苗走到刚才刘老三站的那棵树下，靠着树和羊司令官说话。

“他为什么说不认识你？我清楚听见他某次喊你姐姐。你们的房子挨得那么近。”

“他当然可以不认识我。昨天认识的，今天不认识了，这有什么稀奇。”

“他说刘老三死了，是我把他淹死的。太可怕了。这个孩子居然睁着眼睛说瞎话。刘老三刚才还和马老五在那儿干架。不过他们看见小羊倌一来，就急匆匆跑走。几天不见，他们胆子变这么小。”

“你想得太多了。这些不是你该关心的。好好休息一下，再走小半夜就到那个地方了。”青苗很高兴地抬手指着前方。

羊司令官找了一捆干草铺在地上休息。他睡着了。他梦见了刘老三，梦见刘老三的时候他们坐在白杨村那间房子里。刘老三说，感谢你救了我。他说，不，我没有救你。刘老三扑通跪在地上说，是你把我从房子后面的水塘救出来，我很感谢，但是请你跟青苗说一声，我不想去那个不适应的地方，你的羊我派小羊倌送过去给你。羊司令官一脚将他踢开，指着鼻子激动地反复说一个字：滚！

羊司令官气愤地醒了过来。

“放心吧，他已经滚了。”青苗说。

“你怎么可以看见我梦里的事情？”他惊讶。

“你看得见的我当然也看得见。”

青苗说完就放开脚步，羊司令官只好跟上去。现在他只能跟着她，这种只有前路没有退路的选择是自己下的决心，还有什么办法。

“你为什么哭丧着脸？”羊司令官发现青苗阴沉沉的脸，她好像要哭出来。

“小声点，不要说话。你看不见他们正偷偷地望着我们吗？你第一次来这个地方应该表现谦虚、有礼貌，不要动不动摆开你那张傻瓜一样的笑脸。你认为有几个人会天天看你笑呢。但是如果你哭兮兮地从这儿走过，他们一定不会为难你，他们会坐下来悄悄讨论这个人遭遇的不幸，可能会说，‘他正在遭遇我们都遭遇的’‘早晚大家都会遇到这样的一天’‘看看他的包袱和我们的一样重’‘他的脚印和我们的一样杂乱’，然后……啊，这就对了，你早就应该掉几滴眼泪，走入新的生活、抛开了像白杨村那种生活了半生的老地方，绝对有必要掉几滴眼泪。”

羊司令官摸了一下脸，确实有泪水扑扑地淌在脸上。可是他并没有想流泪呀。

“这根本不是我的眼泪！”他狠狠地说，又惊慌地望了一下四周，一个人影都看不见。

青苗不理他，脚步迈得飞快。她把包袱也扔掉了。羊司令官想帮她捡起来，却怎么也搬不动。像受了传染，他脚上套着的先前抹脚印的东西也重得使不上劲。

“丢掉呀，蠢货！”

“丢不掉！”他也很着急。脚上的东西怎么都甩不开。

“拿起来，放。”青苗像喊号子一样在前面指挥。

羊司令官弯腰脱去脚上的东西，果然，他轻松地将它们拿起来，又很轻松地放到地上，并很快跑起来将它们丢在了远远的后方。他感受到扔掉那些东西后，身心变得轻松活跃。

他们跑了不短的一程，双方都很累但是都很高兴。不过，羊司令官突然发现了一个问题，冲着因高兴而大笑的青苗说，为什么这里看上去和白杨村一模一样？

“天下乌鸦一般黑啊！”青苗说了这句莫名其妙的话。

为了不使青苗觉得自己笨，羊司令官装得很明白的样子，点着头说：“只要这里没有马老五和刘老三，就无所谓。”

“这里当然没有马老五和刘老三，这里只有他们的爹。”

“乱讲。他们的爹早就死了。我去放的响礼。”羊司令官很忌讳别人提起那些已经死去的人。

“你记得住什么呢。他们的爹只是搬到这儿来住。”

正在争辩的时候，马老五和刘老三的爹出来了。他们简直长得和儿子们一样：强壮，声音洪亮，连面相都是年轻好看。羊司令官吃惊地望着他们。

当天晚上，青苗安排羊司令官暂时住在这二位老者的房间，她自己跑去投奔一位远房亲戚。临走时她交代："晚上你不要出来瞎走。这里的人很不喜欢新来的人在他们的地盘上走来走去。他们闻不惯你身上沾着的白杨村的气味。再过一段时间，他们对你熟悉了，就可以出来活动。"

羊司令官只能遵守这些规矩，第一次住进新环境，就算这个地方与白杨村一模一样，它毕竟不是真正的白杨村。他脱下衣服早早睡下，走这么久的路，累得很想散架。

"你起来，快跟我走。"

羊司令官睡得正好，听见有人推他肩膀轻声向他喊话。他睁眼一看，是刘老三。

"老人家……"他以为是刘老三的爹。

"傻货，我是刘老三。"

"你怎么阴魂不散的！"他很伤心，这些人像糍粑一样，沾着就甩不脱。

"你才阴魂不散！我好心来救你。"刘老三甩开手，向四周望一眼又说，"你走不走？"

"不。青苗带我来的。我不能丢下她。"羊司令官坐起身。

"你这个傻瓜！青苗骗你来的。我和马老五都被她骗了，现在我们躲在一个很隐秘的地方，每天晚上都在想办法逃出去。在你来这之前我们也差点跑出去了，可惜跑到半途又被她抓住——就是你看见我们在树下争吵那次——本来我们想跟你说，不要上当，又不敢开口。你不知道她现在的力气有多大，而且她身边有那么多人围着，只要你敢逃跑，那些人就会把你围起来甚至踩在脚下。还有，你敢确定她是青苗吗？她这个人三天两头换着脸子，有时为了骗人来这里，她还会装扮成老年人的样子。怎么样，现在你也开始怀疑白杨村那位老婆婆了吧？是人是鬼，都是她在做。你也不要难过，世上的事本身就很复杂，看不清是正常的。眼下最要紧的是我们合伙逃出去。这个地方一点都不好玩，我敢肯定它并不能让你找回记忆。我们来这儿的人当中只有小羊倌是幸运的，他逃出去了。”

“小羊倌是谁？”

“可怜的，你现在连小羊倌都不记得了。”

羊司令官拍一下脑袋，他确实想不起小羊倌是谁，也更羞愧于不能记得青苗的样貌。

“我本来是记得的，可是一想，又不记得了。”

“算了，我们不要想这些没用的事情。你到底走不走？”

羊司令官正在犹豫，突然听到有人推门，向他吼道：“这个没有立场的东西，你在跟谁说话？”

羊司令官想喊刘老三先躲一下，结果面前什么人都没有，而他并没有坐起身，只是平平地躺在床上。推门进来的当然是刘老三和马老五的爹。他二人很生气的样子，点着一盏油灯满脸怒容地走到羊司令官身前。

“这个人到底在想什么？”刘老三的爹指着羊司令官，眼睛望着马老五的爹。

“还能有什么想头。在哪儿都是混日子。从前在那儿混，现在到这儿混，就是换个地方。”马老五的爹好像很了解羊司令官一样。

羊司令官烦闷地假装睡着。

“我们不能纵容这种行为，应该叫他起来干活。”

这二人不再说话，羊司令官偷偷睁开眼睛，恰好撞见他二人瞪眼望着他，“懒狗，你还不快起来。”

他只好迅速起床，跟着他们出门。外面哪还有空地，人多得挤挤攘攘，羊司令官顿时来了精神，他就喜欢这种人挤人的混乱场面，看到有人挤倒在地并且身上踏着几双脚，他就狂欢似地喊叫，跳着在人群中穿来穿去。这时候他已经不把刘老三和马老五的爹放在眼里，他们二人原先走在前面，可是不费多少工夫，羊司令官就把他们抛在了后面的人流中。

“找死去啊！”

那二人在大声喊骂。

羊司令官根本不在乎，依然兴致高涨地往前冲，有句话突然冒到舌根，于是将它抛出去：

“脱胎换骨，脱胎换骨！……”

他喊这句话的时候跑得飞快，将大部分人都甩在了后面。当然，有几个脚力好的人一直和他保持很近的距离。其中一位矮个子好几次和他平齐，险些超过他。说起这位矮个子，他看上去很面熟，羊司令官觉得在哪儿见过。

“你是谁？”等那位矮个子再次与他平齐的时候，他问。

“你先不要说话。我来问你，刘老三是不是来过这儿，让你跟他走？”

“是。”羊司令官不假思索就回答，他很奇怪这个隐秘的消息怎么走漏了，当然，他猜想到这位矮个子可能是刘老三派来接他的人，便立刻停住脚步。

“你跟刘老三说，我不回去了。那个村没什么意思。”

“你当然不能回去。那儿早就没有你的地盘。我不是刘老三派来的，我是小羊倌。”

羊司令官想了一下，摇摇头。

“你不用想，我们分开那么久，谅你都想不起来。其实我也快要记不得你，还好我有你的画像，就是它帮我在这么多的人里面认出了你。”小羊倌掏出一张纸片。

羊司令官凑过去看，脸色一变说：“一张白纸！”

“这不是白纸，是你看不清，我天天摆在桌子上的，凡是到我那儿的人都认得你。”

“你将它摆在桌子上干什么，把我供起来吗？我又不是你爹。”羊司令官不耐烦，不知道为什么他很讨厌这个人，很不想他跟着。当然他说完就后悔了，因为这句话怪不吉利的。

“谁知道呢，说不定你就是我爹。反正我妈经常骂我，她是这么说的：‘你就和那个死鬼羊司令官一样，来世上混日子，你怎么不跟他去呢，你去找他呀！’”

“你就真的来找我啦？”羊司令官低头看他，突然觉得心里有点伤感，要是这个人真的是他儿子，倒也不错，可事实上他是一无所有的。于是他用柔和的声音说：“快回去吧。不要开玩笑了。我要去找你青苗姐姐。”

“见鬼的，哪有什么青苗姐姐！我看你是鬼迷心窍了！你现在赶紧跟我走，我把你带到安全的地方。你看看，这些人都在干什么，你不要和他们混在一起，快走吧。”小羊倌说着就伸手去拽羊司令官的衣角。

“小娃娃，哪里来的回到哪里去。”

这句耳熟的话来自青苗，她走出人群，来到羊司令官身边。

“老婆婆，您……”

小羊倌话没说完就被青苗赶走了。

“不要听他瞎说，现在我带你去干活。想住下来就必须跟他们混到一起。”她指着周围黑压压的人群。

羊司令官站着不动。他在想刚才小羊倌的话。还有，他为什么喊她老婆婆？说起来这个女人确实有几分奇怪，这一路上她一会儿出现一会儿又跑不见，她和老婆婆又总是在对方不见的时候出现在他身边。她们都说不愿意见到对方，尤其老婆婆，提起青苗她就反感，最后她们干脆不承认有对方的存在，甚至说一些伤害彼此的话。他感觉自己已经陷入了一场扯不清的骗局。自从那天晚上有人传来青苗死了的消息——此刻他脑海里清晰地漂满了白杨村的事，难道这就是青苗说的，可以找回的记忆？——他弄丢了一串鞭炮，而老婆婆也不再给他送鞭炮并且消失了。然后，明明是马老五送他出村的，青苗硬说是刘老三。想起来真可怕，说不定这场骗局白杨村的人全都参与了，那些人肯定认为他越来越老，干事情丢三落四，有时候忘了点燃响礼就坐在桌子上吃喝，可这也不能全怪他呀，人老了总是活得像个骗子，每天想得多做得少。但事实上，他做得并不少，何况比起那些更老的人，他算是年轻的。

“你到底是谁？”羊司令官突然问她。

“这是个没用的问题。我是谁根本不重要，甚至于你是谁也不重要。你干什么一定要问得那么清楚。现在你只有两条路，要么跟我一起去干活，加入到这支庞大的队伍，他们和你一样的习性，从前也干着可有可无的事情，直到来了这里才找到适合他们的工作，我敢保证这里没有谁像白杨村的人那样喊你傻子；要么，你自己回去，从哪里来的回到哪里去。”

羊司令官仔细观察了一下周围的人，发现他们全都穿着黑乎乎的衣裳，扛着一只大布袋在眼前跑来跑去，这有点像那天晚上马老五送他时在途中撞到的情形。更吃惊的是，这儿横着一条河，可他刚才并没有发现，这像是突然从地底冒出来的。

“他们……”羊司令官后背一阵麻幽幽的。

“他们和你一样，都是从白杨村来的。由于你经常在那儿放鞭炮，这些人身上都有一股火药味，不信你去闻闻。”

“不，我是说，他们为什么用竹篮打水！”羊司令官声音颤抖，感觉这件事很可怕，而自己可能要卷入这场灾难性的惩罚——他认为这是惩罚。于是他扑通跪在青苗面前，用当初他梦中听见的刘老三的语气跟她说：“请你放我回去吧，我不适合在这儿过日子。我现在承认，我在白杨村从来没有干过一件大事，人人都取笑我是傻瓜、无用的、混日子的，正好那天晚上我看见你冲我笑了一下，我就决定和你跑出来。你知道的，为了这件事，我已经被人说成杀人犯，我似乎也确实把马老五的头捂在枕头底下，并且跑去拿了剪刀……我有点记不清了，可能这些事其实没有发生，只是我想和你早点逃脱而出现的幻想，因为我进屋的时候，马老五好好的坐在那儿，还用剪刀给我修了衣服上的毛球。至于那位给我开脱的老年人，他可能真是我的爷爷，还有那位好心的婆婆，她或许就是我奶奶，那天晚上他们的争辩我全都听见了。现在我必须承认，我的确是靠着祖上的荫德，我天生是个无用之人，注定要踩着他们的脚迹窝混日子，可是，谁不是无用的人呢？不过，此刻看到他们用竹篮打水，那种完全不知道自己在用竹篮打水的痴样确实吓到我了。所以请你送我出去，回到白杨村，我决定要在那儿干一番大事……很不好意思，我自己无法找到回去的路。”

“晚啦！你不要多想，不管你做多大还是多小的事情，你都会像刘老三和马老五的爹一样，搬到这里来住。白杨村那个鬼地方我敢保证，你住久了会厌烦，巴不得早点离开。你刚到这儿不习惯，难免对那个地方还有留念。好了不说这些，快拿好你的竹篮跟我走，另外我必须提醒，他们不是在用竹篮打水，而是在捕捞明天的食物。”青苗一推，就将他推到了河边。

“明明就是竹篮打水，做梦一样啊！”羊司令官望着手中这只莫名其妙冒出来的竹篮，忍不住叹气。

青苗也扛着一只竹篮跳到水中，她卖命的样子真不像话，很显然，河水并不干净，羊司令官尝到溅起来的腐臭味。

“空欢喜，空欢喜……”他自言自语。

“现在你该知道了，青苗和那些人是一伙的。你还不相信我吗？我是过来人。天哪，你这个傻子，你就注定要落在这儿啥也干不成。去吧，去参加那种无聊的把戏，我再也不想管你了。”刘老三突然跑出来，劈头盖脸骂了羊司令官一顿。

"好，我跟你走。"羊司令官突然下了决心。他想通了，青苗是指望不上的，到这儿的第一天就将他丢给两个陌生人，何况这里啥也没有，只有这么一场荒诞的竹篮打水的游戏——这就是他们这里的人每天要干的活！

羊司令官头也不回地跟着刘老三走，他很怀念从前在白杨村放响礼的日子，即便那种生活经常被人误解，受人讥讽和嘲笑。可是现在，他要走回头路了，要重新走到白杨村路口。他决定将这儿的事情全部忘干净，尽量打扮成第一次出现在白杨村路口的样貌，希望老婆婆能原谅并且将他带进村。

然而刘老三走到一半就不愿意送他回去，这个人立场不稳，中途不是喊困就是埋怨路程太长，他说，他很后悔去搭救羊司令官，说羊司令官只不过给了他小小的恩惠：将他从池塘里捞出来。比起羊司令官那点小恩，他如今回报的简直超出太多。他两人发生了争吵，刘老三跟羊司令官说："你自己走。我们不同路。"

刘老三也指望不上了，羊司令官只好凭着感觉走，好在大概的方向没有错，途中又遇见两只羊，见它们没有主人便赶着一起上路。

羊司令官终于出现在一个村子。他觉得这里就是白杨村。然而，他希望来接他进村的老婆婆并没有出现。他坐在岔道上等了很长时间，又总是不停地张望，导致两眼模糊什么都看不清。他感觉很累，想躺下来休息，但是这儿正处于风口，又怕错过老婆婆来接他，于是给自己挖了一个坑，爬进去躺好，从腰间抽出那串一直没有用上的鞭炮，他决定将这个响礼送给自己，同时，或许能让老婆婆听到这儿的响动。鞭炮噼里啪啦，震得他的身体直抖。两只羊蹲在土坑两边，像一黑一白的两个门神。

山　神

一

月光照在他受了许多皮外伤的身体上，新抢来的衣服又报废了。

他躺在避风的山洞里，不错，这是个非常挡风而保险的藏身之所。现在除了脚下的蚂蚁知道他的行踪，那些嚎叫的山民，谁也想不到他就藏在他们村子背后的山洞——最危险的地方。

“哼，山神！”他冷声冷气说出这样一句像是自嘲的话。

“山神爷啊，请您保佑我们！”他还能回想到刚才那些人从前对他的祈祷，可是这群败类，此刻却提着他们的棍子、叉子、砍刀，甚至扫把，正四处乱窜地搜找他的下落。

胡乱包扎几下，心情太坏，也实在太困太累了。可他无法真的安稳地睡个好觉。以至于，他感觉自己又进入了紧张的新一轮的搏斗。

是呀，许多年啦，他已经练成了这种不睡觉的本领。可长此以往，心身俱疲，并且他丢失了所有的本领，如今和普通人没什么区别，如果走进人群，人们也丝毫感受不了他有什么特殊的身份和过人的本领。“他无法了！他无法了！”山民的讥笑声不断飘荡在脑海。这使他突然又强打精神。他已经想不起他们之间的战争从什么时候开始的，可能很早了，有上百年了。他身上的伤疤好了又疼，疼了又好。新的伤疤正在月光下流血。

“师父！”他听见徒弟在外面小声地喊。

真是个乖巧的孩子，他想。可是他的眼睛睁不开，实在没有力气答话。

很显然，徒弟自己走进来了。很好，像先前那样，他将扛着他在月亮底下飞跑，找到更好的疗伤之所。山神放心地合上眼睛，让短暂的睡眠包围自己。

他的确感受到自己被徒弟扛在身上，不一会儿，风气寒凉，吹打着后背的破衣裳。很难相信，这是出自一个普通凡人的脚劲。山神回忆了一下，这种脚劲除了自己也只有小徒弟了。但是这个很多年前收养的孩子，他平时走路实在太慢，太中规中矩，尤其在师父面前，脚步声都不敢放出来。可是一旦师父受了伤，像现在这种状况，他简直肆无忌惮，脚劲飞快，似乎得到了前所未有的自由和终于到来的某种权利，跑起来可以让人以为，这是新一代山神又诞生了。而他，一定是奄奄一息，连绵不断的战斗使他身体消瘦，像个无用的骨架，一个软沓沓的布袋，一个垮掉的山神。

“放我下来！”他在背上突然打直腰杆。可事实上他并没有真的大声喊出这句话，腰杆也没有直起来。只不过像是被风稍微吹歪了身子或者是徒弟的奔跑抖动，他仅仅往一边斜了一下，很快又被徒弟纠正了。

“你坐稳了。”徒弟的话简直是把他自己当作一匹马。

谁知道什么情况呀，他的确也感觉自己不是趴在人的身上而是靠在马背上。随着旅程拉长，他的意识昏昏，实在分不清究竟是徒弟还是马。

可是，像往常那样，他清醒过来了。也和从前那样发现自己并不在徒弟背上，只是被徒弟扶正了身子靠在洞壁。

“你刚才睡了一小觉。”——不用猜，这个孩子一定还是这样的话。

可是这一次却不同了。他的徒弟什么话都没有说，表情还有点冷漠，看起来像是对某件事情或者某个人失去了信心的那种冷漠。

“你有心事？”他随口问一句。

“没有。”他说。

“你有心事就说。”

“没有什么好说。”

想不到徒弟会用这样的口气。说完这句话，他竟然大胆地瞪了山神一眼。

“你这是什么态度！”他发脾气，腾地从地上站起。当他站起来的这一刻，徒弟的脸色又恢复到从前那种无比尊敬的温和。就像那些山民，吃了败仗会看到他们脸上敬畏的神色。

“师父，我去替你找点吃的。”徒弟向他磕个响头，轻手轻脚出去。可是他似乎看见徒弟在洞口停下脚步，扭头偷偷看他一眼才离开。为什么要做出这样一个动作呢？这个举动让长期战斗的人起了猜疑。“他可能心情不好。”山神心里安慰自己，却并不相信这个理由。小徒弟搜找食物的热情一天不如一天，态度也忽冷忽热。可是他不能对此有意见，吃的东西长期有人提供，也就没有练成自己找东西吃的本事，这时候他根本离不了徒弟的帮助。如果不是这些年出了点状况，山民们突然不再敬畏他，也许这个徒弟就可以不要了。然而，眼下他还得忍气吞声。一想到那些山民的话，他就必须对当前的状况作出让步。“什么年代啦！”“他保佑了什么？”“我们到底是养着一个山神还是一个山贼？”这些话一回响，他就感觉脊梁骨发痛，想起他们拆他房子的前一夜，他逃了出来，芒刺扎穿了他的双脚。从此和这些山民长期互相追击，谁也别想过安生日子了。

此刻，洞外时不时传来愤怒的喊叫。他冷哼一声，静静地听他们在外面喊打喊杀。可是为了避免走漏消息，不错，他还是不太相信自己的徒弟，所以他艰难地攒了一点力气，爬到山洞的另一面，在那儿有个小小的出口，顺着这个出口来到洞子上面，这儿简直是不能再好的藏身之地：一个刚好能容下他身体的通道。只是风直直地吹进来，使他没有多余的地方躲避。这个通道恰好能观察到村寨的一些活动。此刻有村民正打着火把在林子里乱窜。看到这样的情景他很伤心。作为山神，他觉得自己尽职尽责，人们从前也的确信仰并尊敬他。可是突然有一天，他们就像得到了别的什么指引，看破什么真相似的，把之前信仰的一切都掀翻了——“什么烂摊子呀！”……“我们根本不需要这些虚假的玩意儿。”……“我们虚构这样一个莫须有的东西有什么意义？”……“我们要戳破他。”——战争就在他们所谓的觉悟的那一天爆发了。一切来得突然，他没有任何准备。事实上，他很怀疑自己的本领，甚至他如今的身份也值得怀疑，当他逃跑出来的那一刻，人们掀翻他房子的那一刻，他没有马上表现出强硬的态度，反而像个罪魁祸首，垂头丧气东藏西躲了好一阵子。在当时，作为一个突然间遭受打击的山神，他既没有别的神可拜，也没有别的出路，他感到从未有过的无可奈何却又令人愤怒的卑微。

但是他怎么可能这么轻易被打倒呢。不错，经过一番思考，他给自己定了无罪。眼下他躲在这儿的理由充分说明了一切。

"就躲在这儿！"

洞子口突然出现一批人，就在山神胡思乱想又打了几下瞌睡的时候，他被突然说话的声音惊醒并看见这个场景。这个场景使他差点站出来往下狠狠地扔一块巨石。那带头的不正是他的徒弟吗！难怪刚才说话的声音那么耳熟。这个叛徒，他果然是这些山民派在他身边的奸细，藏得好啊，七岁开始，如今二十七岁了！这个天生的演戏的高手！他边看边在心中大骂。还好多个心眼，始终没有完全相信这个叛徒的鬼话。

难道他要放过这样一个冷血无情的人啊？他操起一把长刀丢了下去。然而这个时候，他的徒弟在洞子口发现了他。对他恭恭敬敬喊了一声师父。真奇怪，他明明看见那长刀戳向他的身体，可实际上，他却毫发无损，长刀也并没有像他所见的那样飞出去，而是挂在自己腰间。

"你刚才带的人呢？"他怒气未消，厉声发问。

"师父，你在说什么？"徒弟左右看看，身边除了自己哪有什么人。

山神四处张望，并不见人影。可是他依然很生气，也很恐惧。

"你带了什么毒药来了？"他实在饿得发慌，也顾不及有什么危险。

徒弟向上抬手说："一只鸡。"

山神眼露喜色，慢悠悠道："放在那儿，你自己找地方休息去。"

饱餐后的山神又恢复了体力。他悄悄地走出洞子，躲到一户人家的竹楼上休息。实际上，这不是别的人家，而是他老友的家。只是不知道为什么，这个老朋友消失大半年了，房子因此空下来，村里没有人过来打理，他们似乎对这儿保持着某种疏离，哪怕小孩子，也不愿到这里做游戏。

二

山神的徒弟躺在一口废弃的井里休息。他和师父一样精明，没有比藏在村中这口废井更让人意想不到。他睡不着。不知道为什么只有躺在井里才觉得安全。这些年跟着师父四处躲藏，导致自己越来越害怕在地面上行走。但他也不是一味地肯定这儿是安全的，很多时候，他担心随时有人从上面扔东西下来，万一是砍刀或者石头呢？这种幻想根本不能令人获取平静而进入睡眠。最近这段时间，他感到自己走路越来越沉重，眼睛也看不清东西了。这很有可能是他操心过度，每天处于惶恐之中造下的病。师父倒是不这样认为，给他准备了非常慈爱的笑容反复强调：你走路没有问题。你的眼睛也没有问题。这种话当然很有效果，他不但不觉得自己走路慢，也的确认为所见的东西清晰无比。

此刻躺在井下，他同样用师父的话安慰自己。

“你上来。”

井上有人说话，像是在喊他。

“就是说你呀，上来。”

这回他确信是在喊他，听声音是个年纪很大的人。

他像甲壳虫那样慢慢地拱出井口，站到这个说话的人面前。

这果然是个年纪很大的人。他的胡子白花花，也可能是月亮照着的缘故。

“老人家。”他招呼了一句。

老人冲他点点头，然后坐在井口边。

“你面生得很啊，我好像没有在这儿见过。”他实在回忆不起村里有这么一个人。他仔细观看老人的模样，吃了一惊，这人眼神炯炯，精力充沛，在寒风中赤着一双膀子，对方并没有胡须，年岁根本不算很大，顶多像他的父辈。“啊，很不好意思……”他想解释自已眼拙。对方朝他摆摆手，“你喊得没有错，我的确是个老人家。即使是你的父辈，也不小的年纪了。”

真是个眼力毒辣的人，不费一点工夫就看穿人的想法。

他们互相沉默一会儿，老者坐得有点不耐烦，莫名其妙说了句：你现在野心不小哇。

“我听不懂你的话。”

“你会懂。”

老者拍拍衣角的尘土，走了。

山神的徒弟根本没有心思再回到井下。他在井边晃荡一阵，被几个准备去山上、显然是搜找他师父的村民看见了。这些人用火把照了照他的脸，失望道：“是你啊！”

他正想说话，人已经匆匆离去。他想了一下才明白，自己根本不用躲藏，因为这个村的人根本不可能认识山神的徒弟。多年来，他只在背后给师父提供食物，并没有和山民们打过照面。他完全可以正大光明地在这儿活动。这个发现让他高兴极了，便大步地走在村中平坦的道上。这种路以后可以天天走，再不用逃窜在山林险陡的路上。

“你的仇报了吗？”村中有人跑来问他这句话。他们好像知道什么秘密又不愿戳破，故作同情实际上却露出满脸的令人厌恶的嘲笑。

“你现在一定忘本了。”——这种话简直不知道什么意思。

他们很可能认错人，把他当成村里的谁。也好，这样更畅通无阻，随便找个荒废的房子落脚。

“呸，我们刚刚才让他见了他亲爹，立刻就不计人情。”

“哎哎，跟个瞎鬼有什么好计较。”

他完全听不懂这些人在背后说的昏话。

山神的徒弟径直走进了一所竹房子。他以为没有人居住，可一眼撞见刚才那位老者端坐在一张竹椅上，在和什么人说话。他想停下脚步，躲在一旁观看，可不知怎么的，哈哈大笑走了进去，并且倒头一拜，连连喊了两声师父。等他抬起头来，确实见到了自己的师父威严地坐在台子上，是那种特意打造了专门给他这样的身份坐的台子。师父眉开眼笑，心情大好。而身边这位老者，看见来了年轻人，逞强似的从椅子上站起，也倒头拜下去。

“你拜什么？”山神的徒弟注视着这位举止奇怪的人。

“你拜什么我就拜什么。你这样做就对了。”他十分满意地点头，用手在嘴边做出捋胡子的动作。

“继坤，你怎么找到这儿来了？”师父从台子上下来。

“你是在叫我吗？我怎么不知道有这样一个名字。”

“他给你取的。”山神指了指那位老者。

“我不认识他，我们刚刚才见过第一面，这也仅仅是第二次见面。难道他有给陌生人取名的习惯吗？”

“你的话太多了。”山神不悦。

他上前一步，还想说点什么，但是有名字总比没有好，何况山神已经生气了。继坤做出好心情的样子，走去跟赐名的老者道谢，师父却不给这个面子，又将他支走。

“一定有什么事情瞒着我。”这次他可不像上回那么听话了。他爬到房顶，真想不到自己有这样的身手，没有弄出一点杂响。

他的师父又坐到台子上。老者毕恭毕敬，抓一块毛巾在认真打扫坐台周围的灰尘。“山神爷啊！”老者突然跪在地上，双手向前，是五体投地的礼数。然而就在顷刻间，他猛地抬头，抓起旁边的竹竿就打向台子。这个转变让继坤回不了神，恐怕连山神自己都没有防备。“师父！”他脱口喊出来，然而，就在喊话的瞬间他看清了，那台上坐的并非自己的师父，而是一尊貌似师父的泥像，泥像上穿着他师父的衣服。搞不清是不是眼花了。但怎么可能是眼花？师父明明和他说了几句话。那么，唯一的可能就是，师父趁着老者跪地的瞬间逃走了。他肯定看出了什么动机。对于有长期逃跑经验的人来说，又是特殊身份，随时准备一个泥像为自己脱身也不难，他不可能所有的本领都消失。老者把泥像拦腰打断，还疯狂地拆了台子，燃着香火的炉子也打翻在地。

他应该愤怒才对。即便那只是师父的一尊泥像。但是他不仅没有这样的心情，还莫名其妙想去跟这位老者道贺。

天哪！他真的从房顶下来，站到老者跟前鞠了一躬。

“爹！”他大声喊道。现在什么理由都不能说服他要喊出这句心底的话。继坤理不清自己想起了什么，很多往事突突地从脑海冒上来。他的眼泪已经挂在脸上，心中充斥着对这位老人的尊敬和依赖，有很多话想说又不知怎么说。

“你总算记起来了！”老人一把拉住继坤的手说，“我的亲儿子！你走的时候才七岁。现在都长这么高了。好啊，看你的个子，踮一踮脚尖就能够着月亮。外面的日子肯定好过吧？”

继坤猛摇头，说山上的日子一点也不好过，除了战斗的时候多几个人，平时基本就是他自己在山林里东躲西藏，师父喜欢独处，赶他走比使唤他的次数多。他不招师父嫌弃但也同样不招他喜爱。二十多年过去，他什么本事都没有学到，倒是对山中什么季节生什么野果了如指掌。这算什么本事呢？这毫无用处。他指望的是怎样学点本事到别的地方生存。他总不能和师父永远待在一个山头吧。

可是老者不太相信继坤的话。他说，自己曾经费了很多心思让继坤回家住几天，山神不答应，连继坤自己也拒绝了。如果日子真的不好过，又怎么会拒绝亲生父亲的这点请求呢。对于这个说法，继坤摇头，他记忆中搜不出这样一桩事。不过眼下二人刚刚相认，心情激动，往事暂且不管，抱头痛哭起来。

半夜，继坤睡在自己房间的床上。父亲说这是他从前睡过的小床。实在太短了，顶多三尺，他的上半个身子躺床上，下半个身子拖地上。而旁边屋里，父亲的呼噜声像破响的羊皮鼓。

“根本就睡不安生。”他苦恼地想。

“那你就找个安生的地方去。”父亲从呼噜声中挤出这样一句。

“爹，你做梦了吧？”他轻声说。

“你才是做梦！”又飘出这样一句。

继坤从床上抬起半个身子坐在地上，浑身冒着虚汗，秋风从窗口进来，使他打了个寒颤。月光亮堂堂照在他的脚尖。他蹑手蹑脚来到旁边屋子的门口，对着半掩的门往里边查看，想知道父亲到底是不是真的睡着了。为什么他的话那么奇怪，像梦话又不是梦话。继坤心里十分慌乱，猜测那呼噜声不是深睡发出，而是无眠的人故意装出来的。

但他更害怕自己心中的想法，认为眼下所经历的更像一场梦。“一个寻找儿子，一个恰好没爹。”他这样的猜度令自己更加没有信心。他应该留在井下而不是贸然跑来睡在这样一张三尺小床上，当这个也许根本不是自己父亲的人的儿子。他们从相貌上看也实在不像亲人。

老者的房间里根本没有床。他蹲靠在墙壁上，耷拉着脑袋像个死人。如果不是还有咚隆咚隆的响声从嘴巴里冲出来，继坤就要进去探他的鼻息。想不到父亲过得这般可怜，房中连个床板都没有，看样子多年来他是睡在那张三尺小床上，刚才起来的时候看见小床底下摆了几双他的鞋子和几件搭在床边凳子上的衣裳。他一定是这样的睡姿，半个身子悬挂半个身子拖地，一定是以这样难受的在半梦半醒的状态中度过了二十多年的夜晚。

“哎哎，”他连连叹了两声，先前对父亲的怀疑太不好了。即便是短暂的相认，也是因为血缘关系。当然，现在改正这种心思还来得及。偶尔对父亲的怀疑是做子女的天性。他这样的思考让内心平静了下来，并准备过去请老人睡到小床上。总不能因为有了儿子做父亲的就失去了本来的地位。当然啦，睡在小床上同样也是受着失去的煎熬，短时间内肯定难以将“儿子已经回来”这样的讯息传输给大脑。有时候脑子比本人犟多啦，它保持着固有的记忆不肯放松。但是蹲靠在那儿不也是一副没有立足之地的惨样吗？继坤敢肯定，相认带来的麻烦绝对也在父亲那儿涌现。只是他善于伪装出幸福的好睡眠。而事实上，他内心可能万分纠结于一个事情的真相，那就是，他让出来的小床上是否真的睡着他的儿子，难道他不会充满各种各样的怀疑吗？比如说，怀疑这个儿子没有回来。怀疑这是一个假象，和从前喝醉的时候一样出现了幻觉。

继坤故意咳嗽一声，脚下刻意弄出响动走向父亲，要证明自己真的回来了。“爹！”——他准备用喊号子的方式和力量来运用这个称呼，使它可以戳穿任何怀疑。然而，还没有张口就停住了脚步。靠在墙壁上的是一个顶着几件旧衣裳和一只帽子的细腰箩筐。房里没有人。继坤推开窗户，望见月光下一个背影正慢腾腾走向井口——他从前的容身之所。他不用得到回答就看得出这是父亲的背影。他扛着一把铁铲，像是准备连夜干什么要紧的活。事实上他已经差不多知道了父亲的动机，当他看见那把铁铲的时候回忆喷涌而来，但他不想承认和揭穿这个念头。

继坤跟了上去。他走得比父亲快，转个弯提前躲在井口旁边的石墙后。但只在石墙后面站了几秒钟，又跑出来蹲在井口上。父亲靠近的时候，他干脆趴在了井口，用身体堵住这个黑洞。

“你不能破坏它！”

“旧的不去，新的不来。如果你实在想住在井里，我可以另外挖个新的。这井太旧，底下空气肯定不好。住时间长了对你的身体没有好处，”父亲放下锄头说，“难道我会害你吗？”

继坤依然趴在井上。如果那把锄头一定要挖下来，那就先从他的身体上开个口子好啦。

“天杀的，你这个犟种，你这个不成器的！”父亲对此十分恼火，在继坤的腰部狠狠踢了几脚。

“哼，露出真面目了！”

“你说什么？好啊，你终于要说实话了。接下来是要重复你从前的鬼话吗？‘我们的父子之情和君子之交一样寡淡’‘我不是你爹’‘我有可能明天就消失’……你天性多疑，胡思乱想，每天昏昏沉沉，哪怕还是很小的年纪的时候，你就认定自己不是父母身上掉下来的肉，而是来自别的什么地方……”

“我什么都没有说啊！”继坤打断父亲的话。他刚才的确什么都没有说，仅仅是心中冒出一点委屈，想护住给他很多个安全感的栖身之地罢了。

“你心里说了就算！”父亲重重地在地上跺一脚。

“那么你想怎么样？”继坤本不想这样说，可这句话还是冲了出来，并且他发现自己竟然从井口边挪开身，理直气壮站在父亲面前，还放肆地伸手指着老爹的鼻子。

“来，戳在我的肋骨上！像从前那么干，反正你很小就有这样的本事，来啊，千万不要手软啊，你可以戳断我的第三根肋骨！”父亲向他逼近。

继坤往后退一步，脚跟撞在井边。他望着眼前这张怒气难消的脸，眼睛不由自主看向那几根似乎真的已经变了形的肋骨上——父亲故意打开衣服，将他的旧伤翻出来。风呼呼吹着衣角，那响声让继坤也差点以为自己听到了肋骨断裂的响。

“我可记不住这些。”继坤说。

父亲又逼近几步，那面容上简直有了几分可怕的复仇般的意味。

“爹。”他想喊一句，如果喊出来一定可以扭转局面。可是，像注定了他喊不出这句话还莽撞地向父亲推了一掌，局面由此变得不可挽回。那边也不示弱，熟练地抬手挡了过来。

他的脚跟再次撞在井边，并且这次重心不稳又无路可退。他跌了下去。倒下的瞬间仿佛看见了父亲脸上几分轻松的神情。“你害我！”他的话刚一出口，就受到重重的一拳。

头昏眼花地往下落，头朝下，也可能是半弯着身子，头擦在井壁。他听见仿佛是铁块碰撞的响，也许还有火花，可能父亲在上面用铁铲故意敲击在硬石头上发泄。跟着，继坤闻到井壁上有青苔的气味冲进鼻孔，还有随手在跌落的瞬间于井口抓到的几片树叶。他和这些轻飘飘的几乎不能引起注意的东西一起下落，要落到比井上更黑暗的地方。天哪，他不愿意落下去。现在他对井下的日子充满恐惧和排斥，刚刚才过了一种不一样的日子，躺在童年的小床上，有亲人还有新取的名字，在那所小房子里，只要探出脑袋就能闻着秋天的山上飘来的野花味道。这时候野菊花一定铺满了树林，它们身上会驮着比自己重几倍的落叶，但这丝毫压不住它们的香气。他本来已经做了打算，等父亲不在了以后，他就到那座山上去住。那是他和师父从来不去的地方。师父不让去。那儿有另外的山神在把守，是别人的山头。可是他不相信那儿有人，强烈的直觉告诉他，那是一座空山，或许，如果他有这样的能力的话，那座山的主人将来就是自己。可这一切都办不到了。他正在命运般的撞向井底。那是没有月光可以照亮的深井，只有雨水和雪花能到达的深井，从前他会因此感到安全，只有雪落得很大的时候才愿意找别的栖身之地，而现在还未到达井底，已经感到了寂寞和寒凉。像是不能扭转命运的悲哀的人，他张了张嘴巴，几颗井壁擦落的泥沙掉进嘴里，他忍不住吞了下去，在喉咙里卡了几下才滑进胃里，尝到了陈年的苦味。

“爹！”他认输了，朝上面拼命喊一声。

可是井上肯定听不到这句求饶的话。并且，也许是错觉，好像有铲子在地上撮土。

他与父亲的距离越来越远了。不知道为什么，他觉得这一次掉进来就再难爬出去。他先前差不多将一生的力气和时间都用在了攀爬井壁，而现在力气用完了。起码短时间内，要在井下呆着。每个人都有自己的出路。他的出路就在头顶。可他不能马上出去了。他猜，父亲一定很着急，为刚才那种误会造成的后果追悔，他一定认为是自己将儿子逼落下来。想到父亲会为了他难过，这种隔了一口井的亲情终于点燃了心里的感情。他嗡嗡地哭，丢掉手里无关紧要的树叶，伸手抓向井壁，就像从前和山民们玩的躲藏游戏，用全身精力和勇气攀向光滑的井壁。然而，这是人们精心打造的黑洞，挖井的人一定临时感到快乐，或者，他临时有了地鼠的雄心，以为地下同样也有天地，说不定会挖出一枚太阳和月亮，那么这黑洞的出路将会使他在那儿获得光辉的生活，人人都以为他在遭受黑暗，可他有自己的月亮和阳光——因此，这黑洞深不见底。他什么都抓不住，手指受了伤。

终于，他撞到了井底，发出一阵短暂而沉闷的响声。和以前第一次落井一样，意料之外地像被什么东西托住，丝毫没有受到伤害，仅仅在下落的过程中受尽了恐惧。

“老家伙！”他吼了一声，其实不想做这无用的对抗。这对抗只会带来更多的不幸。井口落下很多泥沙，这是父亲在上面的工作，他根本没有像猜测的那样为儿子着急难过，不会因此放弃填平这口井的想法。继坤缩向一边，让泥沙不至于完全砸在头顶。他突然想到并万分肯定，挖这口井的人就是父亲，只有这样的身份才会使他在那儿顺当地工作，人们不加干预，随他的意思。

“你儿子我，还在井里呢！”他大声喊叫，实在不能忍住愤怒。真难以想象一个人会尽情挖出这样一口井，在它成为儿子的藏身之所的时候，又要大张旗鼓地填平。这只有一个可能，井里没有月亮和阳光，当初那只雄心壮志的地鼠有了悔意并时时感到羞耻，他要抹平这个黑洞以获取地面上平安的生活。

可是他掉进来一个儿子！难道他不知道吗？

“快住手！你这个老蠢蛋！”他扬起脖子又来了一句。不过这句话一点也不大声，像说给自己听的。“接受命运吧。”这个念头撞击在心里。已经不可避免了，他深深地觉悟到，父亲既然下定决心要亲手把黑洞填平，就会毫无顾忌顺便遗忘似的埋掉一个亲生儿子。现在他完全想起来为什么七岁的时候会突然出走，要跟着师父闯荡。是因为父亲长年在这儿挖井，根本没有时间和他相处和照顾他的生活。父亲将每一天的时间都用在挖井上，像个中毒的理想主义者，要向山民证明自己在地下刨出的月亮和阳光——他的新天地，如果他干成功了，就会在那儿开一片田地，过上体面的日子。因为在地面上的生活困顿不堪，田地荒芜，自从母亲离家出走后，这个光棍汉就有了无可救药的向地下发展的理想和创造新生活的勇气。谁也搞不清，他是在挖井还是在挖他自己的心。反正在当儿子的看来，他把自己挖成了一个站着的黑洞。哎，毫无意义的生活。他完全忘记了儿子的存在，就像现在填井的想法一旦出来，同样会忘记刚刚才从手边滑落的儿子。他反正决心要这么干了，就不会停止铲土的工具。

继坤听到自己的冷笑声。当然，他不能确定这笑声出于自己。他眼神困倦，精力不足，感觉到耳心在突突地跳，明显是睡眠不好落下的症状。为了坐得舒服，又转了方向换个井壁依靠。这个黑洞可真大，看样子，要填平会花掉和从前同样多甚至更多的时间。他可不想再劝这个老顽固，也不会白费力气求救，反正喊了也是听不见。照这种进展，说不定天亮后铲下来的土还不能淹没他的脚跟，到时候再想办法出去吧。

继坤平定了心情，倚着井壁睡觉了。落下的土带着地面顺下来的风声。

不知过了多久，有人踩到了他的脚，痛醒了。

“谁啊？”他恼火地往后缩脚。

“你爹！”

继坤睁开双眼，看见父亲站在面前。自己并不在井里而是从小床上掉下来。

“怎么回事？”他睁大眼睛。然后想明白了，又说：“你还是将我救上来了，我就说嘛，迟早是要救我上来。”

"你做梦了吧，我昨晚倒是睡得很好。"父亲揉揉眼睛，好像那个香甜的睡梦还在他的眼睛上，这时候醒来可以将它弹掉了。

继坤心里没谱了。难道真是做了个梦吗？可能是这样吧。他反正一直以来就有做不完的梦。不管在井里还是树林，只要闭上眼睛，梦就随之而来。想不到如今躺在自己的小床上，还是免不掉。

"哦，天亮了。"他说。

父亲拿了一件衣服，要出远门的样子。继坤想问几句话，还没说出口就被挡了回来。

"你在家好好休息。现在这儿交给你了。是你的了。要不了几分钟，我相信你会完全把它当成自己的地盘。这毕竟是个可爱的地方，对吧？"

父亲肯定在想什么要紧的事，不然怎么说这样奇怪的话。继坤不想听他说这些，扭头望着墙壁。"这儿怎么能是我的地盘呢？"他暗想，本来这是要直接说出来的一句话，在喉咙那儿打了个转又缩回去。他自从昨晚在小床上做了一场梦，醒来像是变得成熟稳重，一夜之间长成了真正的二十七岁的心智。

三

山神在竹楼上醒来，昨晚的睡眠还算不错，只是一夜搁在竹竿上的腰身酸胀发痛。他起来摇晃几下，听见身体里"咔嚓"一声，以为什么东西断裂了。

徒弟始终没有来。不知道他躲到哪儿去了。也许逃跑了。这些年他肯定无时无刻不在想着脱离他。谁会愿意跟着这么一个落魄的丧失了所有本领的山神呢。想起来也可以理解。但是好歹应该打声招呼，没有得到答复的脱离就是忤逆和背叛。一个山神之子——他没有儿子，徒弟就是他的儿子，如果这个山神之子有足够的耐心，他将来是可以自立山头的。可现在这个胆小的人逃跑啦。“没用的东西。”他骂道。

竹楼里什么吃的都没有。人们不会将食物平白无故放到这儿来。山神望着自己的脚回忆，想起很多食物都曾经摆在自己的脚前，使他以为世上所有食物都产在他的脚下，而此刻它们一副贫穷的样子。在他失去人们敬奉食物的那一天，本领也随之消失。

“没有用的东西。”这回他骂的是自己的双脚。

他饿极了，想念那久远的扑鼻的香味，也由此想念自己的徒弟。以这样的状态想起他，说不好是真的想念还是仅仅因为饥饿。他对徒弟向来不抱任何信心。说到症结，只能怪这个孩子来得太突然，连作为山神的他都不能推测他的来历，由于这个孩子不愿离去，他只好将他留在身边。但每日他因此过得不安宁，感觉被命运的双眼盯紧，根本不能像从前那样快活地过日子了。“连山神都要遭遇这种突然的降临吗？他肯定受人指使！不可信。”曾经这样的想法时刻冲撞自己，使他每天都在做“驱逐山神之子”的工作。事实上他并没有那么忙，和山民的斗争不是每天都发生，像昨天这种激烈的战斗已经很久没有发生过，但他每天都在做着逃亡的游戏，也就有更好的理由让徒弟随时在找寻食物的途中而不能与自己长时间相见。

此刻他又不断地想起徒弟小的时候，天知道那是怎么回事，一觉醒来，身边就多了一个七岁的男童。他无处可去，眼泪长流，就像死了亲爹或者被亲爹丢弃。当时的样子可怜极了。如果不收留的话，就似乎意味着自己不是合格的山神。另外，他要向刁横的山民表示自己的决心：顺从并诚心请求，就能得到庇护。

之后的日子当然不好过啦。一个失势的山神和一个来路不明的孩童。好在这个孩子有天生自我保护的能力。而且他具备了演戏的本事，寻来的许多食物还沾着他做戏时哭给别人看而掉在上面的泪水——他经常一个人跑到很远的村落去求食，据说那儿的人很有善心，但缺点是，他们喜欢看这个孩子的眼泪，只有他哭的时候他们才会给他食物。这当然不需要做徒弟的再表演一番给他看了才得到相信。他的确从食物中品尝到了泪水的咸涩。作为山神，这样的嗅觉倒还保持着和从前一样的灵敏。

山神不得不暗自揣想，照这位来路不明的徒弟的表现，倒更适合当山神。他足够忍辱负重，足够机智，又会编造很多故事，逃跑起来也有超出凡人的脚力和勇猛。说不定——他感到害怕——自己之所以与人们发生争端，人们突然对他收回敬奉，是因为在他们心中有了更合适的人选。这位演戏高手肯定跟那些人打过照面，甚至跟他们讨要粮食。事情绝对就是这样，人们已经想好了人选。这些人已经明显地自信到了可以统领一切的份上。要干掉一个山神对他们来说是终生光辉的事业。而这个事业的确正在收到成效——他，山神，孤军奋战，能坚持多久呢？这件事干得非常顺利，并且觉得已经看到了成功的光芒像阳光一样垂在面前，所以他们越来越振奋。也许他们此刻正在想象新一代的山神站立在老山神站立过的地方，得到一所他们为他修建的新的房子，这个房子会比老山神居住的更漂亮和气派，里边应有尽有，足够体现他们完成大业的标识。

“休想！”山神在竹楼柱子上狠狠拍打一拳。饥饿被怒气冲淡。他几步就从楼上冲下来，朝村子中央奔去。明亮的阳光照在他的背上。村子静悄悄的，人们还处于睡眠中，看来是昨晚在山上搜寻，荒废了一夜好梦。

你们出来！他喊叫。在村子中央的场地上捡起几颗石头丢在那些木窗子上。大部分窗户紧闭，偶尔有人推开几扇窗，往这边看过来，也像是什么都瞧不到一样，又关上了。他走到其中一扇窗子的门边，使起最大力气准备推开，窗门却自动打开了，从里边伸出一只脑袋恰好撞在他的脑袋上。“撞到鬼了！”那人揉着脑门，眼睛都没抬一下，怒吼一声又将窗子关闭。

山神从来没有遭遇这种状况，想不到山民们对他的视而不见到了这种程度。

“老朋友啊！”

山神听到这个熟悉的声音立即转头。站在身后的人肩膀上扛着一把铲子。这正是他消失了大半年的老朋友啊。

他们一起回到竹楼。

“你可走得够久的。再不回来，这儿就是别人的地盘了。”山神说。

“本来就是别人的地盘，我来拿点东西，马上就要出门去。你要是不嫌弃，这儿就归你了。你完全可以将这里作为你的地盘。我相信要不了几分钟，你就能找到当主人的感觉啦。”

老友边说边走到一间小屋。这真是半辈子没有住过人的样子了。里边除了一架三尺小床，以及地上摆着的几双破鞋子和旧衣裳，看不见还有别的什么宝贝。

“你实在太懒啦，搞得跟鬼住的一样。”山神往墙壁上随手打掉几盘蜘蛛网。

“呃，就是鬼住的吧。”老友说话的样子像是在和什么人生气。他往衣服上重重地拍几下，灰尘就冒上来，整个房间充满呛人的味道。不过这也没什么，他的性格就是这样，短暂的火暴脾气。每一次见面他都扛着一把铲子，要说有什么大事急着办也不是，过一会儿他就端了酒和美味的饭菜上桌，二人总会喝个尽兴才散伙。

果然如山神预料的那样，美味的饭菜准时上了桌子。

“来吧，最后一顿。真搞不懂，你怎么把自己弄得像个拾破烂的。”老友说。

这话进了山神的耳朵，让那双提起来的筷子又放回桌面。他吃惊地盯着这位半年不见的老朋友，想不通这种语气的话怎么会从他的嘴巴里冒出来。他从前可不会说这么嫌弃的话。从前在这位老友的眼中，无论他遭遇什么样的景象，都会受到最好的待遇。他曾经以为哪怕山民们永远不再敬奉，但至少还有一位老人对他保持诚意，所以每次走在这个村子的路上，他都没有对它生出厌弃和恨意。这片土地上起码还有一个信徒保持着最原始的天真和善念，他相信这个人永远不会背离友情，永远是那些人当中最可贵的一个，这曾经使他高兴的理由，眼下却令他有点伤心和不能接受。

“你怎么能说出这种话？”

“我说了什么吗？我什么都没有说呀！”老友奇怪地瞪了山神一眼，又补充道，“你是个怀疑主义者，你现在看谁都像对你有谋害之心。”

“狡辩。”山神暗想，皱了一下眉头。难道会听错？

他们喝着一场闷酒，外间又变了天，大雨砸在窗门上。

“我不想说话。”山神想。

“我也不想说话。”老友像是知道山神会说上面的话，做了这样一个回答，他抓起酒瓶子，朗声说完便粗暴地将它扔到窗户外面去。他是故意做出这个动作来发泄某些不满。他能有什么不满呢？山神瞪住对方的手，这是难看的手，每一个指节都变形，扎眼地凸出来，像扭曲又被人挖空的树洞结出来的伤疤，疤痕几乎高于手背，这表示了它曾经付出过多少力量。这些时间的老茧，可以将人心底最好的那部分感情引出来。山神收回目光，心里有几分愧疚，作为最好的朋友，他仅仅知道对方消失了半年，除了喝酒的时候相聚，饿了才出现，平日几乎不往来。然后，当然啦，总是不出意外地得到这位一边抱怨忙碌一边又给他准备美酒的朋友最好的馈赠。他吃完一顿，就会从这儿带走一些食物，作为接下来几天的干粮。可以说在最困难的那些日子，连那位心思灵活的徒弟也讨不着东西吃的时候，只要肯冒险走到这儿，就能饱餐一顿。对于酒桌之外发生了什么，朋友过着怎样的日子，就一点也摸不清楚了。他总是看见他扛着锄头或者铲子要出远门。也许那儿有庄稼地，很远，有做不完的活。虽然他作为世上最迟钝的山神，根本分不清什么是庄稼什么是荒草，但至少曾经听过关于庄稼的传说。这儿是没有庄稼的，这个村子的人全都没有土地。谁知道他们是天生就没有土地还是突然之间糊里糊涂失去了土地呢。反正他记不清了。他只记得这些人和那位徒弟一样有着四处搜寻野生食物的本事。他们追捕他，也顺便在途中追赶猎物。山神偶尔也分不清他们是在追赶猎物还是追赶自己。所以很多时间他都跳出来站在明处，以方便那些人的目的。如果他们是追赶猎物，对他的出现就不为所动。反之就会向他奔来。如今——不，一直是这样——只有这位老友还在为土地的事情操心，或者，也有可能，仅仅是做着一个有土地的人的好梦：每日扛了工具出门，假装山水之间的某个地段全是他的庄稼。然而，这位老友不擅于隐藏（或许是来不及）眉宇间的情绪，又总是在进屋之前将锄头洗得干干净净，才让这种庄稼人的痴梦流露出来，被另一双眼睛看穿。想到这儿他很同情这位好友，几乎要喊着他的名字敬他一杯酒。可是山神费力想了想，想不起朋友叫什么名字。也许是叫丁什么，或者……

“就是叫丁什么。”朋友漫不经心地说。

“呃。”山神胡乱应一声。丁什么的话打断了他的思路。真不知这位朋友怎么会取这样奇怪的名字。谁都想在世上搞个好名，混个风生水起。而他，丁什么！这名字只要一说出来，就让喊它的人占尽了风头。好在丁什么还有令人佩服的本事，心思缜密，一眼就能看穿别人的想法，刚才那句话只在心中晃一下，却被他捉住。“如此天赋。”山神心里一阵悲哀，说不定那些山民有着同样的本事。那些人看上去比丁什么更老辣。如果他们没有这样的本事，就不会大张旗鼓要选择新的山神。说不定他们有着更深层次的阴谋，这些表面上要大公无私选择新山神的人，实际上人人都在找机会登上这个位子。山神细细一想，觉得自己的看法一点不错，追捕他的人脸上越来越有阴谋者的神气，即便他们表面上一团和气，分享食物和水，走在追捕老山神这样的共同道路上，也藏不住他们互相敌视的心理，正在将同伴的身份看成路上的绊脚石。所以他们在途中也不完全是和山神在战斗，他们自己也要时不时上演一场混战，某些体质弱的人因耗费了内斗的智慧和力气死在追捕山神的路上。他们当然要将这种死亡怪罪给山神，并且狠狠哭上一两个时辰。山神经常被这种哭声干扰。而接下来，他们还是要混战，并且到最后干脆直接说出自己的雄伟决心，坚持自己是唯一有统领众人才华、最适合被选出来的新一代山神。难怪每一次他们的同伴出了意外，或者死在这条志同道合的路上，他们的悲伤也只有匆匆的一天，甚至更短暂，甚至——山神会看到某种幸运者才会表现的轻松幸福的微笑。还好丁什么没有那些心思，他们是好朋友，可以坐在一张桌子喝酒说话。

这时，山中传来那些收获了猎物的胜利者的号角。山神吞了一口酒，为明天或者以后某天的战斗做心理准备。他们获取了食物，一大群人就会获取了追捕他的力量。这日子没有尽头。山神站起身，想尽快离开这个是非之地。可惜酒劲冲着脑袋，脚跟飘飘的。

“这儿有什么捷径可以进山吗？”他问丁什么。

丁什么正在打包食物，看样子不是给山神打包食物。他将东西挂在了自己的铲子上。

“没有东西要给我吗？”山神想说这句话又开不了声。难道自己会以这样的方式默认是个拾破烂的吗？他挺直了腰背站在门边，等这位好朋友自己将打包好的食物递上来。

“各顾各的吧。”丁什么说。

山神听到这句话险些跌坐下来。“变天了。”他咬紧牙，故作平静抬手指着外面密集的雨。

但确实有东西递到了手中。是一把铲子。铲子上挂着食物。

“你把这些东西拿走。以后我不住在这儿，你也不用来了。既然你不愿意当这所房子的主人，那就让它荒废。反正这儿很多房子都荒废着。”丁什么扬手指了指房子旁边盖着的一块破布，“你揭开它，就能看见一个洞口。这是通往山林的捷径。我特意挖出来的地下通道。”

山神走去揭开破布，看到一个至少有十年岁月的洞口，边上已长了杂草甚至可能刚刚过了花期，败落的花朵落在一旁，也沾了一些在破布上。洞口挺大，看着像很宽敞的地下室入口。想不通丁什么要开这样一个通道的作用。地面上任何一条路都可以通往山林，他却暗地里费这样的笨工夫，像要进行什么见不得光的秘密似的。但也许他是为他的好朋友挖，认为在地面的逃亡会越来越危险，越来越无路可逃，这样作出比较，地下通道的确是个不错的选择。

“你给我铲子有什么用，我可没有种植庄稼的想法。”山神跳到洞口站着，心中充满感激，除了这位好朋友肯为他下这样的笨工夫，还有谁会有这份心意呢！他低头望向洞口，对这条地下通道满是兴趣，刚才一落脚，就闻到了洞那边穿来的好空气。

“你需要自己将最后一点地皮挖开，因为我暂时不想到山林那边，因此，洞子尽头与地面相接的那一块土皮还闭着，没有挖通。现在你要先用它作为到达那儿的捷径，只能自己动手。你就自己动手吧。反正最艰苦的这一段我已经给你完成了，剩下那么一个小小的关口，就似乎是推窗口的一个小动作，也费不了多少力气。”

丁什么说得很有道理。山神跟他道了谢，便低头往里走。

四

“我要离开这里。”继坤想。他一刻都不愿呆在父亲留给他的地盘上。这么破旧，四处漏风，躺在小床上总是听见屋子下方传来铲土的响。

可是他已经住了半个月了。这段时间父亲一次也不见回来。他想起一件事，刚刚来这儿的那天晚上他听见师父也在这里和父亲喝酒说话，但怎么也看不见他二人，他们似乎害怕受到打扰或者知道房子里还有人，藏在其中某个密室不愿相见。当他喊，师父！说话声就突然停下来，过了许久又重复先前的话题。这种状况他还是头一次经历。

其实到现在他也还在寻找父亲和师父。直觉告诉他，那天早晨父亲拿了铲子并没有离开，而是悄悄躲在了这个房子里。师父肯定是离开了，但谁知道他有没有真的离开或者又偷偷跑回来。这个人现在的行动一点都不在自己的预料之内，总会干出一些超乎想象的事。比如，他并不是犯了众怒需要成天躲躲藏藏，起码在这个村子还有像他父亲——说实在的，他们怎么会认识呢？友情还挺深厚——这样的老人还对他保持敬意。在山中追捕的全是青壮年。因为他们最有力气，也喜欢四处奔走。与其说他们跑到山中去追捕师父，不如说是跑到山中去消磨这些亢奋的情绪。或许某天他们就全都回来啦。作为山神，失去了辨识能力是件可怕的事，难道他看不见追捕他的只是一部分人吗？可是他不能确定师父真的失去了起码的判断，因为有的时候，山神非常精明，能及早看穿一切。那么，原因只有一个，长期追捕的游戏已经停不下来了。如果他是个本性好斗的山神，又突然间被这些年轻的敌人激发了雄心，他就会陪他们玩这种无聊的你追我赶的游戏。说不定他早就拿定了主意并且故意让那些年轻的人以为，将自己美好的年华都用在山林中追击目标，战胜他这位永远追击不到的敌人才是最好的本事。因为年轻人喜欢挑战不可能。不可能战胜的东西越能引发他们的斗志。这个看法将长久地作为最好的理由牵扯这场停不下来的运动。对，现在不能称为战斗而仅仅是一场你追我赶的运动。这场追捕运动是他引发，作为山神，如果他不主动停下来，这个运动中的所有人就没有自己停下来的主见。他始终有主导权。早就看出来啦。师父就是这样一个智慧的强硬的山神。哪怕失去了人们的敬奉，他也会像一只陈年的旧罐子，装着满满的火焰般的勇气，在山林中随时将这场运动引发到不可收拾的地步，他要让人看到，如果他想逃跑，谁也别想真正逮住他。这些精力充沛的年轻人毫无疑问是要受到教训的。在他们第一天萌发追捕山神的念头的时候，他们的命运就被牵着，想要摆脱什么，却永久不能摆脱。

而他作为山神的徒弟，倒没有想过要离开师父。如果村里——他现在也是这个村的人了，父亲是这儿的人嘛——还有一个年轻人保持着对他的敬仰的话，那就是他了。

又一个新的夜晚降临。他还是没有离开这儿。父亲说得对，这的确是个可爱的地方，他在三尺小床上的睡眠越来越好，原先附在身上的那种井底的气味正在消失，他抬起衣袖，确实没有闻见苍苔的味道。

“我看你住得还挺好。”

这个声音冲进屋。他拉开窗户而不是直接把门打开，探出脑袋往外看。那儿站着一个脏兮兮的小男孩。

“哪里来的小叫花子？”他准备关上窗户，男孩却飞快跑来抓住窗门，不准他关闭。

“你干什么呀？”继坤瞪着眼。

“我不是小叫花子。”男孩满脸不高兴，然后突然蹦起来坐在了窗台上。这回想要关闭窗门彻底不可能。继坤拉了一把椅子坐在窗边，倒要看看这个孩子要什么把戏。

“你师父快不行了，听，他铲土的力气越来越小，很快就不行啦。但是你住在这儿还挺好。这儿原本是他的地盘。”

“我不懂你在说什么鬼话。”

“我就是说给你这样的人听的。你这种人只听得进这样的话。不给你点强硬的态度你是不会理睬我的。刚才你把我的手指甲在窗户上挤掉了但一句道歉的话都没有。”男孩抓起一块石头打在墙上。

继坤看看对方的手指，确实挤掉了一小块儿，漆黑，没有流血。他看上去也没有想哭的意思。这个孩子的耐力让人吃惊。

“我是来给你送信的。”

继坤不清楚谁会给他写信，心想：“难道是父亲吗？”

“当然不是你的父亲。”

“你这么小怎么啥都知道？我并没有说什么呢。”

“你管得住自己的想法却管不住别人，我想说什么就说咯。不过也可以理解，嘿嘿……”

“你笑什么！”

男孩的眼神突然变得严厉，提高语气说道：“这语气真是太好了。像你这种在山神那儿学了二十年的人还真是少见，你的谎言保持了二十年哪！因此只能是你才有资格用这样的语气。你创造了一切机会成为山神唯一的徒弟，不愧是想当新一代山神的料子。只有我这样的才没有引起你的敌视和迫害，我还很小嘛，接不了父辈的班，看上去还永远长不大的样子。其他人都还困在山上下不来呢。你干得真不错，他们全都想拜师父，但谁也别想见到山神。近水楼台，你很容易进很多谗言。现在山神相信你是他唯一的徒弟，除此之外全是对手。不过，我劝你不要高兴得太早。山神不是像我这样的孩子。他已经看穿你了。所以，你听听——天哪，他又恢复了力气，就要剥开最后一层土皮啦！——他快要冲出困境了。虽然你像是踏在他的头顶，跺一跺脚就会踩断他的头颅，但你毕竟不是真的山神，还不具备这种勇气和判断，推断山神到底站在哪个位置。当然啦，你或许早就知道他在哪个位置但不敢踏下去。你害怕这样踏下去踩坏的不是山神而是你的父亲。你那位野心勃勃的父亲同样每天都在干异想天开的事，他神出鬼没，想自立山头又怕明目张胆引起人的注意和不满，他可比其他人有预谋和聪明多了，连山神也没有发觉他的野心。但是，他此刻说不定已经后悔将那条通道让给山神，所以提早跑到底下去堵住那个出口——他肯定不止挖了一条通道，总有办法跑到前面去的——或者，他正在开另一条岔道，让山神走到别的路上去。现在你应该听懂我的意思了吧？你怕站在底下的是你的父亲，因此你才迟迟不敢下脚。你跟你的父亲，和其他人一样，对山神早就起了异心。我说得对不对！”

“你到底在说些什么鬼话？”继坤心慌意乱。

“就当我说的是鬼话好啦。反正你已经无数次骂了‘哪儿冒出来的小鬼’了，继坤大哥！”男孩这句话说得很气愤。他准备跳下窗户。

还没有跳下窗户的男孩被继坤提早推下去了。实在让人厌烦的一场对话。

男孩并没有立即走开，而是在门口观察了一阵。之后一切静下来，继坤推开一条窗缝看看，证实外面确实没人，才跨步出来。可是他刚一踏出门却望见了男孩站在房子的拐角。

“小鬼，你还想说什么？”

“你师父让我给你捎信。”

“什么信？”

“你明天晚上之前得搬走。我先前说了嘛，这儿是他的地盘。出于师徒关系，他不便亲自跟你说这样的话。”

“这不是他的房子呀。这是父亲留给我的。现在是我的地盘。”继坤有点委屈，难道师父会真的说出那样的话，来抢夺徒弟的房子吗？“我在这儿已经住习惯了。”他补充道。

“现在是你师父的地盘。你在别处也可以住得习惯。”男孩不松口。

继坤斜了男孩一眼。

“不管怎么说，明天你得搬走。最好现在就走。”男孩态度强硬，毫不示弱。他表达完坚决的态度甩手走了。

继坤回到屋里，决定哪儿都不去，要守着这所旧房子。

五

山神找到了最好的山洞作为长久的栖身之所。是的，他已经想好了，不再躲躲藏藏。这也是他新收的小徒弟的意见。这时，小徒弟正抱着食物进来。

“师父。”

男孩走近喊了一声，将一只野梨子递过来。

“比大徒弟强多了。”山神心想，满意地接过这个新鲜的梨子。他不知道这个季节到底有没有梨子。外面下雪了。这之前他在地道里耗去很多时日，来到地面已经变了天气。如果不是在那儿遇见这个孩子帮忙，还指不定需要多少时间才能挖开那片连接地面的土。它并不是老友所描述的那样，只要很少的力气，相当于推开窗户的一个简单动作。情况完全不是这样。他感到那不是一个通道，而是一个死胡同，被困在里面了。

山神对这个孩子疼爱有加，他的眼神非常好，隔再远的野果也逃不开视线，这可能跟他之前黑暗的生活环境有关：他一直生活在那条通道里面。山神经过地道时，这个孩子就扬起嘴巴说，嗨，师父。山神没有拒绝这个称呼。其实他也想说点绝情的话。在这条通道里走了很久很久，心情早就坏透了，想发脾气但一点力气都没有。就在这样的心情下，这个孩子开口喊他“师父”。当时心里升起的一阵感动使他什么话都不想说，算是默不作声地收了一个徒弟。他觉得这一切都是天意。这个孩子看起来是山民们故意丢弃在这儿，肯定受着什么惩罚，也或者他天生喜欢黑暗，躲在这儿可以逃避地面上无休止的战斗。看他的年岁，要不了几年就要加入队伍，成为追捕山神的新的成员。这样看来，他收下这个孩子反而是对的。于是跟这个孩子说，你如果愿意出去，就跟着我吧；如果不愿意，就永远留在这儿吧。你要想好了，上面的日子也不好过。反正地面上发生的事情你坐在这儿大概也听到了，乱糟糟的，每天都有很多意外和危险——我指我自己——如果你听得够仔细，会分辨出其中一边的队伍只是一个人，对，永远只是一个人，不会再有多的，就像很多别的地方一样，正在经受许多人的反叛，但这个不屈服的人永远能对付那一大群人，因为那群人自己也要进行一些内斗的活动，以及花掉很多时间来进行追捕那个人的演练活动，所以，真正的战争并没有时常发生，这个人夜间随时可以出来活动，他的徒弟不能及时找到食物，他就自己出来找。但即使这样，事情也还是相当复杂，每个时候都提心吊胆。当然了，哎，我忘了，你坐在地下分不清白天还是晚上。你当然不知道那儿具体的天色。这个孩子扬起脑袋，非常谨慎但恰如其分地表达了自己的立场。他说，我愿意跟你到地面上生活。因为我向来喜欢独处，而你正是那个独自战斗的人，我喜欢和孤独的人站在一条线上，往后你的敌人我一个也不放过。你刚才从那边走来的时候，我已经认定了这种命运并且相信你会是个不错的师父，而我也将死守本分做一个好徒弟。

他们走到地面时，山神才看清这个孩子——他差不多十五岁了——比想象中的矮小，两尺多高，脑袋却很大。这可能是地道中条件所限，让他的身体长得恰好能在那儿行走，而他的脑袋却放肆地膨胀起来，因为每天有那么一小段时间，他会在地道中爬行。爬行是脑袋最放松的时刻。

现在这位小徒弟拿了梨子走来，由于个头小，他几乎是把梨子扛过来的。

“下雪了。多穿点儿。”山神说。他已经吃完了一个梨，嘴里还是有点寡淡，像什么都没吃。

外间化了雪，林中又响起那些人的喊叫。然而，山神听出来那并非是追捕他的号子，而分明是他们在那儿手忙脚乱地搬动什么东西。小徒弟跑去看了一眼，回来告诉他那儿的山坡正在一点一点垮塌，前日那场大雪把泥土泡软了。

“他们一定是在抢险。”山神说。

“不，他们正绕开那片垮塌的地段更加愤怒地朝这儿走来。”小徒弟说。

“哼，他们找不到这里。”

“那可说不定！”

小徒弟的话引起山神反感，这口气和大徒弟一模一样。难道又一次看走眼了吗？“山垮了，跟我有什么关系！”语气提高一倍，用之前对付大徒弟的眼神瞪着小徒弟。

“嘿，他们觉得跟你有关系，你的确也挖通了那条地道。我可是全都看见了。”

“好啊，你总算露出了真面目。”

“师父，我只是说看见了，但没有说要去告诉他们。我对你还是和从前一样忠诚。以我的意见，你应该找个更安全的地方，这里住不得了。刚才我听见他们说，是你在那儿开了个口子，这么多年他们的胆量顶多是向下挖井，而你，敢在那儿开个窟窿。这一切都是那个窟窿引发的。他们认为是你设下这么一口陷阱，惹怒了山神。”

“瞎说！我就是山神！我会惹怒谁！”

“这可不好说，也许他们已经挑选了新的山神，只是你还蒙在鼓里。”

“谁有这么大胆！”

“这就不好说了，也许是你的大徒弟，也可能是别人，是任何人。这个位子也并非这么难坐嘛。”小徒弟说话的神色骄傲，即便他的个子只有两尺多点，脑袋却比平常抬得高，那双小得有点滑稽的手为了让脑袋抬起来更好看，紧紧地握着一根手杖，而他根本是握不稳，因此晃晃悠悠地挂在手杖上。山神不想正眼瞧他，现在他对这位小徒弟的嫌弃不亚于大徒弟。然后，他仔细地看了一眼那根手杖，吃了一惊。“是我的！”他暗自喊道。怎么会落在小徒弟手中呢？看着似乎已经用了很久，很有可能是从地道里带上来的，手杖全身染着地下才有的褐红色泥巴。照这样看来，他的手杖早已被人调包偷走，藏在地道很长时间，如今才见了天日。“你偷了我的东西！”山神忍无可忍，伸手去夺这根手杖。

“你想多了，师父。是你昨天顺手递给我的，忘记了吗？”小徒弟一步跳开。他的身手可真是灵活。

山神回忆不起来，但他内心的疑惑实在不能压制。火气也冲上头顶。作为一个山神，丢了自己的法杖而拿着一根普通的棍子连狗都对付不了，还有什么尊严立足。他再一次抢夺手杖。小徒弟闪得更快。就在他们你抢我夺的斗争下，洞口突然围了一群人，他们嬉皮笑脸地欣赏着这场闹剧。

“呸，神仙也跟我们一样的，也内斗。”

“一根破棍子。”

人们指手画脚地议论。

小徒弟突然向那些人喊：“还不动手吗？”

人们惊醒了似的，突然冲过来围住山神。

站在人群中的山神根本到达不了圈子外面。小徒弟站在人墙之外，大口喘气。正当山神用力推倒一边的人墙，小徒弟已经拔腿跑了。山神追出去。可是林子太大，一个两尺多高的人想在林中找个避身之所太容易了。“叛徒！”山神大骂。

接下来的几天，山神不分日夜在那儿寻找。现在他终于有了个显眼的敌人。这个敌人还是自己亲手带出地面，受了他的调教变得比从前更加聪明，对付起来也就更麻烦。不过，有的时候，他对这个敌人的恨意并不那么强烈，随着时日增多，他有点怀念小徒弟冒着危险和坏天气找来的食物。

山神没有找到小徒弟，倒是在回来的路上遇见了老朋友。这回他身上没有扛铲子，走路摇摇晃晃，头发全都白了，胡子蓄得很长。

“嗨，你要是不说话，我以为遇到一只老山羊。”

山神开了句玩笑。

可是那位好友只是扭头看看，并没有认出山神的样子，很平静地又转身赶路。

山神追上去，仔细又仔细地看了看，确定自己没有认错人。

“噢，你这个老东西，一定是酒把你害成这副鬼样子！”

老友还是不理会。

“你到底在找什么鬼！”山神一把揪住老友的胳膊。

“你才是鬼！我在找我的儿子。你把他吓走啦！”老友一巴掌拍掉山神的手，怒气冲冲地说。

“我怎么没听说你有个儿子。你这个人，什么都藏在心里。”山神抱怨一句。

老友愤怒地推了山神一把，将他摔倒在地。“你杀了我的儿子！一定是这样的。所有的人都看见了。只有我还相信你不会做出这样的事。可你一定是杀了他。如今我敢确定他们没有说假话，是我把你看错了。我在这儿已经找了二十年，我的儿子，哎，那个小短命的……你早就把他杀了！”

“你在说什么鬼话呢？我不认识你的儿子。如果他来了山林，有可能是野兽把他吃掉了。怎么要赖在我身上？你们这些人的想法太简单太粗暴。山垮了赖在我身上，孩子丢了也赖在我身上。”

“你怎么会不认识我的儿子？你老早就杀了他，可他还死心塌地跟着你，都二十年了！不过，我看得出来，你的坏日子就要来了。”

“我没有杀你的儿子。”

“就算你明着没杀，暗地里也杀了，哪怕是做梦，你都可以把他杀了。反正不管怎么样，我那倒霉儿子再也回不来了。”

“他回不回家，不是我管得了的。”

“你是山神，应该有管理一切的本事！如果你什么都保护不好，就应该让开这个位子，让我们之中有能力的人去掌管！”老友从地上抄起一根杆子向他打来。

山神跳开了这突然的攻击，却还是感到腰身一阵疼痛。现在他回忆起那个地道，费了很长时间也挖不通，肯定是老友故意设的陷阱。

接下来，他站在这边望着那边怒气不消的老朋友，什么话也说不出来。想不到那个村子唯一的老人也不信任他了。

看样子，两人要不欢而散。

可是老者走了几步之后，突然转身跪向山神。

“你一定可以把他还给我的。我的儿子，继坤，他就在你身边。只要你点一下头，他就回到我这儿来了。我早就看出来，你一早就发现了这个秘密，他是我的儿子，你只是不想承认。你始终装着糊涂，以为那是从天而降的，给你造成的最碍眼的麻烦。你对他防备得太多，根本不愿意放他到别的地方，你要随时掌握他的一举一动，是这个原因才使得继坤从来没有真正的自由。即使现在，他躲在别处，你也对那儿的情况了如指掌。”

“哼！既然你什么都看清楚了，又何必说这些没用的话。”山神脸色一变，非常气愤，突然想到那个地道中遇见的孩子，想不到他最信任的人会设下这样一个绊脚石，便更加气恼地说道：

“你派在我身边的又一个麻烦，我已经把他轰走了！你的奸计到此为止吧。从今往后，我们既不是朋友也不是敌人。就当我们根本不相识。我敢打赌，你接下来会加入到追捕我的队伍中。以你的野心，会比那些人更有把握将我赶出去。”

“不，我可不想把你赶出去。说到底，你毕竟是正牌的山神，曾经有很长一段日子是人们的精神支柱。如果我把这种精神支柱赶走，会有村子外面的很多人来这儿找麻烦，他们会说我的不是，堵住我的嘴巴，敲我的脑袋，让我走投无路。因此，实际上你根本不用跑，只要表明了态度，你依然能在这儿自由地四处活动，呼吸新鲜空气。我敢保证那些人明天就回到家中，不再找你的麻烦。一切将恢复平静，像什么事都没有发生过。”

“野心家的演说真动听。可我不吃你这一套。如果一个人看上去自由，但实际上四处隐伏杀机，他的周围原本可以管束却不能动用管束的念头，所有的规矩因为某种暗箱操纵失去效力，那么，他何必要这种表面的自由呢？我一定不是这样的人。”

“得了吧，你早就是这样的人了！你以这样的借口把我的儿子——也可能如你所说，我其实根本没有一个叫‘继坤’的儿子，也的确如此，很多时候我都想不起有这么一号叫‘继坤’的儿子，因此这个叫‘继坤’的年轻人来找我的时候，才把我吓得落荒逃跑，还把房子都送给了他，但谁知道呢，说不定我真的有这么个儿子，他也的确接受了我的馈赠，住进那所房子，我在想，过一段时间我就回去，因为在我出门的这段时间，我觉得假如真的有这么一个儿子也可以，他将成为我的精神支柱，然而现在，你把我的精神支柱杀死了。他根本不能真的在那儿安心住下来。他从心里怀疑我们的父子之情，然后逃走了。你向来以这种手段统治我们，以阴谋者的心思调教你的徒弟们。我的儿子在你那儿学到的本领就是怀疑和逃跑。现在你看到了，我一个人走在树林里，十分落魄，运气非常不好，估计要不了多久会死在这儿被落叶埋掉……”

“你快跑吧。”山神说。他看到老友并没有被落叶埋掉，而是掉进一个大坑。

“那我就走吧。反正跟你也没什么好说的。我要感谢你放过我这条老命。”老人从坑里爬出来，走了。

六

继坤以为自己还住在父亲留下来的房子里。当他睁开眼睛，发现睡在一片陌生树林的干草上。

“怪了。”他四周瞧瞧。发现父亲留给他的房子在对面的山上，而他所处的位置正是先前从那边的窗口看到的山林。父亲一直想到这儿隐居。

“你终于达到目的了。”

又是先前在房子门口看见的那个小男孩。他竟然也来了这里。

“不仅我来了，村里所有的人都来啦。”男孩高兴地说。

继坤还没来得及说话，四周突然冒出来一大群人。他们扛着锄头、铲子、棍子和刀叉，齐整地站在一旁。

“我们全都是你的追随者。从今往后，你说什么我们都听。”他们眼眉和善，说辞句句诚恳。这些脸孔他非常熟悉，在村里居住的时候全都见过面了。但当时他作为山神的徒弟，并不与他们说话，所以他是第一次听见他们的声音。

继坤很想表示自己是在等待师父，看眼前的环境，凭着个人的能力是无法走出去，可是，这些人说的话太有吸引力，将他这样一个原本处于跑腿身份的小卒子直接提到领头人地位，实在说不出原本要说的话了。“那就一起混日子吧。”他故作客气，站到人群中间，将其中一人肩上的锄头拿下来。

“这才是好人哪，你看他什么都为我们着想，懂得减轻我们身上的负担，这个锄头我早就想拿下来了。”

“是的，我看见了。”

“啊，我们总算找到了合适的人选。”

他们的议论全是赞美之词，继坤谦虚地像是听取什么重大意见似的享受着这些赞誉。

想不到他会和师父一样，有这么了不起的一天。他觉得应该长长地舒一口气。

就在这时候，山神来了。他的父亲也来了。父亲是从地下钻出来的，看样子他的地道早已通向这里，此刻正好派了用场。

继坤走去打招呼，心里想着一定要说：“恭迎父亲，恭迎师父。”谁料脱口而出的是“你们怎么来了？”

而他身后的人们突然转了风向，全都拥到父亲身前，礼貌而更加谦卑地和父亲说话。父亲拍掉尘土，若无其事走向他们。这些人一口咬定来这儿的目的是为了等他。“像你这样的人，”他们说，“我们少见哪！你把路开到地下，是什么人也不敢想的。

现在我们一致表态，愿意永久追随！”

继坤赶紧追上去，堵在众人面前质问，刚才对他说的话还算不算数。众人斜瞪一眼说，不算。

站在旁边一直没有说话的山神这时候走上去拍拍继坤的肩膀，说：“哼，蝼蚁！知道吧，这就是他们的本性！你没看见吗？他们现在喜欢养这些玩意儿，几乎每个人手里都端着一个装蚂蚁窝的笼子。这些小小的宠物习惯处于隐蔽的环境，喜欢在腐坏的树叶上睡懒觉。因此，这些人的本性也在跟着变化，谁给他们一条暗道，他们就以为那是最好的保护，保护了他们的怪癖就是保护了最高的自由。越是这样不见天日他们以为越安全，他们越追随。你父亲早就看穿啦，他现在计划得逞，六亲不认。你信不信，他会否认你是他亲生儿子。你应该像我一样，对他们的话长期保持怀疑和忽视，就不会气成这样。”

继坤还是不能忍住怒气。他走到父亲跟前，质问他为什么要来跟自己的儿子抢地盘。

“你瞎说什么？我没有儿子。我的儿子早就死了。”

果然如师父所说，他要否认这个事实，并且他否认了事实还不忘诅咒一句，这实在令人寒心。

好啊，就让他否认好啦。既然不是自己的父亲，那就好办了。他捡起一块石头，却被同样大的一块石头提前砸了过来。继坤晕倒在地。他听见一大群人喊叫着逃窜而去——“死人啦！”

“胆小的废物们！”继坤心想。

就在他倒地没多久，父亲和师父突然互相大骂，紧接着并打了起来。那些人是被这场斗争吓走的，从他们脸上的神情看出，似乎从来没有见过这么真格的动武，非要将对方置于死地。继坤心里冷笑，这些人之中的确没有一个有这样的胆量敢跟山神单打独斗。想起来一阵骄傲，有这个勇气的是自己的父亲，虽然这个老头刚刚才否认了这层关系，但谁知道呢，说不定他老糊涂了随口乱说。不管怎么样，继坤看到这场争斗非常高兴，父亲终于将之前可悲的生活抛之脑后，在地面上有了首次光彩的行动。“一个自掘坟墓的”，这个以往在人们心中留下的不好的印象，从今往后要摘掉。这些胆小之徒跑去不到几分钟又偷偷跑回来，不甘心或者是想看热闹的好奇心把他们牵回来了。他们躲在树背后，缩起身子只探出半个脑袋。

“你还不起来么？死人样。”

消失了一会子的男孩又走到继坤跟前，用脚踢了踢继坤的手膀子。

这是最惹人厌烦的孩子。

“滚蛋，别遮住我的视线。”他朝他挤挤眼睛。因为他根本不能说话。头上的晕眩还没有消退，他感觉只要晃一晃脑袋，整片山坡和树林都会垮塌。

“得了吧，死东西！”

男孩根本不怕他，用力踢了他的膀子。

他感觉膀子断掉了，一阵钻心的痛。真不该低估他，看上去是个孩子，使出的力气大得令人吃惊。

“你的精神支柱都没有了，还这么恋战吗！胜负已分！我们还需要打吗？我估计你很早就在计划着要来跟我决战——好啊，你不服气，不错，继续死撑吧，我愿意看到你撑不下去的样子——为此你准备了很多年，挖了多少条暗道，在那些地道里来回试走了很多回。更重要的，你还培养了自己的力量，将他安插在儿子的身边。你连自己的儿子也不放心了。不错，他的确让人怀疑。以往他还比较听话，至少有一段时间比较听我的话，现在谁的话都不听了。他不仅背叛我，还抢了你的住宅。以‘接班人’的身份光明正大住在那所房子里。你为此感到悲伤，头发都气白了。毕竟在内心深处你还承认有这么一个儿子，至少曾经有过，即使你曾经以为没有这样的儿子也的确想过要一个这样的儿子，你的暗道要有人接班，这个梦想使你成天处于幻想之中。我应该恭喜，你终于有了一个儿子。曾经我们还是朋友的时候，我为你实现了愿望而高兴。那时候我还没有完全对你失去信心，认为你的那些暗道都是给我准备，作为堂堂正正的山神，我的地下的道路总会有人自愿给我挖掘，而不是我主动下达命令。世上很多像我这样的身份都会有人自动为我们开路。因此我曾经一点也不怀疑你这样的一个普通挖路人会冒出来跟你身份搭不上的痴心妄想的念头。你的每一条路都通向这里：一座新的山峰。这儿没有主人，即使有肯定也逃走了，他要么对这个村子的游戏感到厌倦，弃山而去；要么暂时藏起来，等你们的游戏到头了才出来收拾残局。我还没有见识过哪个山神会眼睁睁看着他的山峰倒塌。”

山神说第一句话的时候，男孩就被吸引过去，他退开一点。继坤能一眼看到那边的活动了。

“随你怎么狡辩。有一点你倒是说对了，关于我的那个儿子。他的确也许是我的儿子也许不是。谁说得清呢。但不管事情具体什么样，我现在有能力和你单打独斗，我不需要这样一个儿子更不要任何人的帮助，我们的力量不相上下，看见了吧，你也讨不着便宜。但是以我长期的锻炼，再多几个时辰，你就战败了。你等着这样的结果吧。到时候你只能用鼻子跟我说话，因为你的嘴已经被我打烂了。这种暴力的结局你应该早就感觉到而不是等到一会儿再去忏悔，当我们发现你什么都不能为我们村子做而长久欺骗我们的感情，就应该料到会有像我这样毅力超越旁人的老将出来跟你决战。一大群软弱的力量总会激发一股凶猛之气，并且这股力量你杀之不绝，今天不是我站出来也会是另一个人站出来。你如果感到委屈，那么你看看后面的山坡，它开始垮塌而你无能为力！……啊，天哪，怎么回事？我的力量正在减弱！”

继坤看到父亲后退几步，明显要吃败仗了。他的力量在衰落。不过这也够让他敬佩了，竟然在这种激烈的打斗中，他还能流畅地说话，尤其父亲之前还明显占着上风。

人们听到父亲的话，从树背后向前走了两步，但是又退回去了。

继坤很想加入这场决斗。但是他到底应该站在谁的一边呢？经过一番思考，他觉得，父亲不承认有他这个儿子，即便在刚才他还十分愿意当他的儿子，可是细想之后觉得这个愿望太一厢情愿了。说不定他们之间真的不是父子关系。至于师父，他不知道还应不应该这么叫，他对自己的态度早已明白地放在那儿，他们之间的相处十分冷淡，让人觉得这是一种被利用和愿意被利用的关系，他曾经也的确仅仅是想在那儿学到一点本事，对山神有多少师徒之情，他也说不清。时间过去一大半，他什么本事都没有学到，反而和村里的青年一样，每日在林中奔跑，很快体力不支，只好将一天中的大部分时间用来躲藏于深井。师父对他的状况习以为常，并且似乎有意在鼓励他这样做——“你做得很对。你是个聪明人。”这不得不让人猜想，山神可能不止有一个徒弟，而他最不讨喜。好在他自己学会了独立生存的本事，与师父的仇人们没有结下怨恨，还在刚才，就差那么一丁点儿的时机便在他们那儿获得了重要地位。继坤想到这里深感遗憾，“他们的确需要这么一个顶梁柱了”。他往那边观察一番，那些人精神涣散，完全失去了主心骨的样子，在众人的神色之中，一眼可察那互不信任的怀疑之情就荡漾在眉眼之间，即便此刻全部站在一起观看山神的决斗，也没有使他们解除对同伴的戒备。继坤收回视线，眼睛酸胀，如果他刚才成功了，现在这些人应该会冲上来将他扶起，靠在一根舒服点儿的树干上。他想挪动一下身子，却力不从心。

如果他能顺利地挪动身子并且勇猛地站起来的话，他要自己单独成为一支力量：进入混战——只能是这个局面。他仅仅这样想了一下，却真的从地上站起来了。一股来自……事实上他也说不清到底出自哪里的力量催发着，将他逼到山神和父亲的决斗中。

“哈哈，有好戏看啦！”人们喊跳着出来。这种打斗显然已经勾起了最大兴趣。继坤已经看出了这些人的心思，他们根本不支持任何一方也不反对谁，三人之中谁胜，他们就会拜倒在谁的脚下。

“我是最好的人选！虽然我的力量在减弱……”丁什么的声音很微弱，他的话根本不能被那边的人听到。但是他做足了说话的样子，将那张满是诚恳的脸扭向人群的一边。他的脸在流血，他的双手还在迎战，只好把脑袋尽量往人群那边靠，就仿佛要表明自己即便成了这个样子，也全是为了他们。所以在这样的时刻，人们应该给他伸出一双手，哪怕送一块旧手帕上来擦干脸上的血也好啊。可是没有人上来。大概是山神和继坤同样也伸出脑袋将脸上的血摆向人群的一边。他们也做出了正在经受挑战和煎熬的样子，而这一切都是为了那些人。这种状况肯定要让原本没有主见的人们拿不定主意了。因此没有任何一个人对此作出回应。他们很认真地观看这些带血的脸，并且讨论：这张脸上的血多一些。哦？我觉得这张更多一些！

人们对战斗中的人并不友好但也看不出厌恶。最心急的莫过于等待结果，他们之中有人跺脚，有人抱怨，到底什么时候才能打出一个结果。

细心的继坤已经发现，虽然人们没有站出来表态，但这场正面的战斗将他们彻底征服了。只要自己再坚持一会儿，这个胜利的果实就会落在手中。刚才丢失的位置会因为这光彩的争夺重新回来并且更加巩固。他敢肯定，山神和丁什么——现在他要对这个人直呼其名！——已经消耗了不少体力，而他作为青年人并且加入战斗的时间晚，一定能撑到最后。

虽然是三个人的混战，人们却在空气中闻到了血腥味。这种味道大概很久不出现在他们的嗅觉中，也可能不是因为血腥味而是观看时间太久，总之，他们头脑有点晕眩，脚跟站不稳，两手死死地抓住树干。“看不下去了。”他们半闭着眼睛说。

“睁只眼闭只眼呀！”继坤喊出这句话，发现山神和丁什么也喊了一句相同的。

“我们不能让这种味道污染了，快趴下来！”人群中这个声音起了大作用。他们也没想到会在这样的时刻诞生自己人的声音，个个扭头四处查找说话的人。很显然，他们对这个声音更信任，更愿意听到。

“我们为什么要留在这儿观看这种表演呢？天哪！那边的山正在垮塌，你们都看不见吗？”

说话的人走了出来。个头小得要让人俯首观看。继坤一眼就认出了他，冲口喊了一声“小叫花子”。那边并无回应。

他们停止打斗。视线全被吸到那边去了。

“小徒弟？”

山神又仔细看了几眼，确定这个改了穿戴的孩子就是他的小徒弟。

“哼，小人！”丁什么脚跟一抬，走到人群那边，倒要看看这个娃娃要什么把戏。

男孩不动声色，陪着人们趴倒在地。

“好人啊，想不到这样的痛苦他都愿意和我们一起承受！”人们十分感动，他们第一次尝到了自己眼泪的味道，舔吃泪水之后并把那双湿漉漉的眼睛转过去望着男孩。

山神奇怪地盯着这些流泪的脸——他也走到人们中间，站在小徒弟旁边——自从斗争开始以后，他就再也没有见过这样的泪脸。小徒弟趴倒在人群中，简直难以区分他有什么与众不同，不过这恰好证明他能讨取这些人的信任。

“见到师父还佯装不知道吗？”山神说完，用手往下去抓小徒弟的衣领，想把他从地上提起来。按以往的经验，将一个两尺多高的孩子提起来不费吹灰之力，可这次不但没有成功还差点被小徒弟的重量拽倒在地。

人们扬声大笑。他们非常满意山神的失败。“你是提不起来的，我们看中的人都非常重要，有不一般的分量！现在你可以去那边收拾烂摊子了。这儿已经不需要你。”他们指着对面那座正在垮塌的山。

那怎么能算自己的烂摊子呢？那是他们所有人的烂摊子。人们收拾不了残局便弃山逃跑。他终于搞清楚为什么他们会突然集体出现在这边的山峰。

“你不要妄想把责任推给我们。如果不是你长年在山中喊打喊杀，跑起来地动山摇，怎么会闹成现在这个模样！那当然是你的烂摊子，是你先逃跑的！”

想不到他们才刚刚有了主心骨，就变得聪明了。

山神悄悄望了小徒弟一眼，发现这个男孩竟然躺在那儿也毫不畏惧地盯着他，即使他的目光是从低处投来，却带着几分冷寒的味道足够让人感到不安。

“你最好马上从地上爬起来，不要让我亲自动手拉你！”山神说。

“你要是能拉我起来，刚才就办到了。”小徒弟从地上起身，退到两步外，这样他的目光就差不多可以和山神平行，可以直直地望过来。他往下一招手，人们就从地上站起来了。于是山神面临的队伍又是乌压压一大片。不过山神并不害怕。这种情况又不是第一次见。

丁什么心里怀着怒火，可是他实在找不着更多的骂词。不仅找不着骂词，在这个孩子身边站久了，他觉得对方越看越亲切，怒火也越来越淡。最后他干脆钻进人群，和那些人混在一起。人们对这个新来的一员表示了欢迎："你这样做就对了，这才是你的儿子，看，刚好七岁，睡在那架小床上不长不短，恰好合适。"

"你的儿子已经死啦。蠢货。出尔反尔的！"山神对丁什么说。他实在想不通原本精明的人怎么会相信眼前的一切。令他更加想不通的事情发生了。继坤也走到人群中，朝他的父亲行了一礼，便站到男孩身边去。

"太好啦！他舍得放下架子，走到我们中间来了！"人们欢呼起来，将继坤和小徒弟以及丁什么围起来，把山神挡在了外面。

山神看见继坤脸上扬起了获胜者的笑，又看见丁什么脸上同样也挂着笑。他站在人群之外，即使想引起注意都没有人愿意往这边看一眼。

人们一点都不介意选出来的人还是个孩子。他们表示，即便他是个天真的孩子，没有资历站在那个位置，也没什么要紧，跟天真的人打交道总是不费什么力气。并且在某些时候，他们还可以说点自由的话，因为根本上来讲，那个孩子与他们是两个世界的人，成人间的对话丝毫引不起孩子的注意，而他的游戏也引不起大人的兴趣，那么就等于，他们会长期各干各的，各说各的，这种松散的状态才适宜人们的日常生活。这样想来，他们那个村子原本就应该掌握在天真的人手里，如果一早就有人提出这个意见，现在的局面应该不是这个样子了。他们说，孩子都喜欢游戏，这是天性，而他们这些人都有少年游戏的经历，往后不但可以和这个孩子愉快相处还能教他一些游戏的本事。

可是，他们突然发现自己并没有什么游戏的本事，连玩耍的记忆都没有。当这个孩子说起很多在地下通道里独自玩耍的把戏，所有人都张大嘴巴说不出话。这时候他们才回想到自己的孩子，总是躲在房子或者深井中，无聊地扳着手指，玩那种最低能的游戏，脸上长期看不到笑容，见了同伴不打招呼，见了好东西不哄抢，看见比他小的孩子摔在地上就从头上跨过去，看见老人摔在地上也从身上翻过去，要是看见年轻的人从那边走来，拔腿就跑……总之他们对什么都提不起精神，完全丧失了作为孩子的天性。但是他们培养了特别敏锐的自我保护意识——假如遇到了危险——林中只要传出一点不安的响动，就会引起注意，手握巨石，两眼放光，时刻准备迎战。

现在人们终于醒悟，要唤醒下一代人对古老游戏的兴趣和本能。那么，选一个天真的孩子十分必要并且迫在眉睫。眼下这件事办成了，而且这个孩子有相当的见识，他给他们表演了游戏，对，他非常懂得怎样讨取人们的欢心，一眼看出此刻表演游戏的重要性。连继坤这样从来不玩游戏的人也加入了他的行列。现在这二人并肩站在一起，就像亲兄弟那样互相牵着手，把游戏成功地展现出来。游戏之后，继坤特意将男孩举到肩膀上，让他坐在最高的位置。这时候人们再也不能忍住欢呼，他们表示，继坤的做法正是他们愿意看到也期盼有机会效仿的，如果一个天真的人注定站在那儿会被人群淹没，会被自身周围的障碍物遮蔽光线，那么，他们就会将这个可爱的人扛起来坐在肩膀上，并对此不叫一声苦，不以为是终生的负担。

“幼稚啊，不长进的，你们选这样的人就暴露了你们的本性。”山神不服气，他走到人群中尽量靠他们近一些，然后又用缓和的语气跟他们说，这个男孩不可信，他事实上根本算不得一个真正的孩子，即便看上去十分贴合幼童的样貌，也不能忽视一个问题，那就是，这个人也许只是长了一张幼童的脸，而心思早已成熟，他早就计划了要坐在人的肩膀上才故意缩短身躯，从刚才那些戏法中可以肯定他有这样的本事。

“你更不可信。”人们懒绵绵地做出回答。他们已经找到了新的主人，对这个老山神的话已经提不起兴致了。

这座山的坏处就是哪里都看不到出路。人们不愿意在这儿定居。他们要回到对面的山上，在原来的村子继续生活。可是那儿已经垮塌了。高处的滚石把村子堵得严严实实，要重新住进去，只能把石头搬走。这时候天真的孩子发挥了作用，他坐在继坤的肩膀上，朝下面的人扬手一指，说，我们要把石头一个一个搬回原位，它从哪儿来的，就让它回到哪儿去。这是他作为新主人的第一个命令。人们喊叫两声，表示做不到。但这个孩子说，我们是在做游戏！人们听到“游戏”二字，心中涌起一阵感动，便爽快地答应了。

“你果然会利用人心。”山神摇摇头，又叹口气说，“可怜的人心。”

人们从丁什么的地道中原路返回。丁什么回到村子，瞬间成了那儿的红人。继坤因为扛着男孩，事实上也就相当于，他是和男孩站在一条线上，人们对男孩的态度也就是对他的态度，甚至有时候他们晚上聚合起来开什么会议，根本不能看清肩膀上那个小人儿，他太矮了，脑袋也太重，继坤的肩膀又不够宽，坐久了十分难受，他干脆将两只脚往肩上一挂，大半个身子滑到后背，悬空着，这样的姿势让他以为是倒挂在一架小床上，舒服多了。因此人们真正看在眼里的是继坤。如果他们偶尔想玩游戏，才会把脖子往侧面伸去，让那个男孩的大脑袋重新进入视线。当然他们要先呼喊几声，后背上的脑袋才会从继坤的肩膀上冒出来。随着时间流逝，人们已经分不清这个脑袋是男孩的，还是继坤本人长了两个脑袋：它本来就是一个身体上的其中一只脑袋而已。

继坤的身份越来越重要，他替代了肩膀上的人。

男孩对此当然表示了不满。他几次要跳下来都没有成功。继坤死死地抓住他的两只脚。

“现在你感觉怎么样？”山神偶尔绕到背后去跟这个背叛他的小徒弟说话。人们已经不管山神的一切行动，就像根本看不见他的存在。

男孩艰难地眨一下眼睛小声说道：“我劝你早点离开，这儿的人什么都不信奉，不信奉你这样的山神，也不信奉我这样天真的人。现在他们信奉的是继坤这样蛮横的、长了两只脑袋的人。我现在成了继坤的其中一只脑袋。他一面利用我讨好人们的欢心，勾起他们天真的一面，让他们真的认为孩子们恢复了游戏的本能。可是你仔细瞧瞧，这儿根本没有孩子。每次做游戏最投入的只有他们自己。孩子们躲在深井不愿上来。即使偶尔从井里叫出来一两个，也是强颜欢笑，游戏还没有结束，继坤就示意他们退下，他们便重新躲到井里去了。什么？继坤为什么要让孩子们退下？智慧是从游戏中产生的，你说他害怕什么呢？他害怕有一天我成功地从肩膀上跳下去，而重新选出来的孩子会坐到我现在的位置，却不像我这么体弱瘦小、好控制和管束——人们习惯了看两只脑袋就不会愿意接受一只脑袋的人，他们肯定会重新推选——然而，你设想一下，不是每一个孩子都像我一样，永远是这副身高，他说不定坐到这个位置很快就成长起来，要不了多久，他在继坤肩膀上的身高越来越显眼，人们会把所有的注意力都放到这儿来，既然前边有一个长不高的孩子，突然来了一个长势很好的，他们原先短浅的目光就会一天一天被拉长，久而久之，谁还会注意继坤这样原本就不算出众的人呢？肩膀上的人迟早将他压塌。”

“我明天就走。”山神说。他往周围看了一眼，那些把石头搬回原位的人，正在准备收工，他们已经把这件事情干完了。这儿的山焕然一新。

“你应该晚上就走。说不定对面那座山并不是真的没有路，那儿或许藏着更好的村子，人们只是害怕受到干扰才把所有的路都毁坏了。你完全可以到那边去。”男孩沉思了一下说：“你忘记了吗？你的大徒弟有个挖井的父亲，虽然他的父亲曾经不承认有这么一个儿子，但眼下他们相处得很好，他让所有的人都加入了挖地道的工作。这儿四处都是坑道，深不见底，但是人们居然干得十分起劲。要是留在这儿，作为眼下这种不明不白的身份，你只好也加入其中，进行这场持久的挖井工作。并且，他们已经把这座山的垮塌事件认定是你引发，你故意引发的。当然你完全可以留下来。据我所知，别的地方也有像你这样的山神接受了这个工作。”

“我永远都不会接受！”山神扭开脑袋，一副不屈的样子。

继坤扛着男孩四处观察人们的工作，他转身的时候踩在了山神的一只脚背上，但是他并未察觉，扬长而去。

山神在忙碌的村民中间穿梭，他最后实在忍不住了，在深井边缘企图用最后的耐心劝导，他说，你们为什么要相信第二只脑袋的话？这是假的，你们原本扶坐在肩膀上的那只脑袋现在闲得难受，悬挂在后背什么都看不清，它被驮着的这个身体遮挡。可是没有人理他。

“我是看透了。我今天晚上就走！”他甩下这句话，看了看这座山，觉得这儿一切都不是原来的样子，一点也不讨他留念。

人们在深井中忙得不可开交。他们即便想抬起脑袋，也实在看不见上面的动静。目光陷在一片漆黑中，脑袋稍微抬高一点就撞在井壁上。

山神十分沮丧。他有点怀念人们跟他斗争的那些时日。起码那时候他们还愿意跟他斗争，甚至有人还时常提出这样那样的思考，他们偶尔坐在一起讨论——山神就躲在人群中偷听，这样的时刻谁都不会注意到——中年人说：“与山神斗争就好比要剥掉多年的习俗。”老年人说：“我们驱赶了山神，让他满山乱转也使我们的青年在林中游走，而这些青年根本没有见过山神，见了也不认识，认识了也未必有耐心较量，他们已经被每日浪荡在林中的光阴磨掉了斗志，林子太大，路上又嘈杂，根本不能有心思想别的事情，他们每天只顾着脚下，早出晚归，晚出早归，每一个日子都在这样的交班中消磨掉，难道他们还想得起别的事情吗？我们的浪荡子越来越多。我们做这样的争斗可能是没有意义的。难道我们还要继续这样的争斗吗？”

现在这样的议论再也没有了。到处都是新挖的地洞和漫天的尘土。

“我今天晚上就走！”山神再次喊出这句话。依然没有回音。

晚上，月光明澈，像专门为了送走这个不再被人欢迎的山神。光芒洒在他的背影上，他每迈出一步，月光就照到他的脚背上。然而他走了一程，才发觉人们根本没有将石头搬回原位。他们不仅没有搬回原位，还把原先通往别处的路堵死了。山神四处查看，垮塌的程度实在罕见，是他从来没有见过的毁灭般的垮塌。这种情况下，谁也别想将所有的石头归位。

“站住！你怎么能跑呢？你跑了山会塌的！”

山神听到这个声音。是小徒弟的声音。

“我们不能放他走！”

是大徒弟的声音。

山神扭头一看，后面黑压压一群人，那位曾经的好朋友站在最前边，他们拿着挖井的所有工具，看样子是直接从井下被唤上来，还是灰尘仆仆，虽然面带倦意却被眼下的使命激发出一种自豪的干劲。在这两只脑袋的率领下，他们已经团团地围住了山神，有人长吼一声，然后所有人哄堂大笑，场面像捕获了一只猎物。现在这两只脑袋都站在肩膀上，目光灼灼，威风八面，看着他的众人在山神面前的表现。他们很满意这种表现。

“叛徒！”山神心想，“永远不要同情一只悬挂在后背的脑袋！当面一套，背后一套。”他眼放怒光，却是无奈的怒光。人群堵得密不透风。

一阵商议之后，人们将山神捉到村口最保险的那口深井。

“很好，量他哪儿也去不了！”

他们喊叫着，在井上跳舞，唱歌，喝酒，庆贺这场圆满的胜利。

山神处于漆黑的井下，丝毫不感到恐惧，他冷哼一声，这些人到现在还不知道他们亲手堵死了所有通往别处的道路，他出不去，他们自己也别想出去。

图书在版编目（CIP）数据

羊角口哨/阿微木依萝著．—南京：译林出版社，2018.8

ISBN 978-7-5447-7333-1

Ⅰ.①羊… Ⅱ.①阿… Ⅲ.①中篇小说－小说集－中国－当代②短篇小说－小说集－中国－当代 Ⅳ.①I247.7

中国版本图书馆CIP数据核字（2018）第080801号

羊角口哨　阿微木依萝 / 著

责任编辑　陆志宙
装帧设计　@broussaille私制
校　　对　孙玉兰
责任印制　颜　亮

出版发行　译林出版社
地　　址　南京市湖南路 1 号 A 楼
邮　　箱　yilin@yilin.com
网　　址　www.yilin.com
市场热线　025-86633278
排　　版　南京展望文化发展有限公司
印　　刷　苏州市越洋印刷有限公司
开　　本　850 毫米 × 1168 毫米　1/32
印　　张　8.125
插　　页　4
版　　次　2018 年 8 月第 1 版　2018 年 8 月第 1 次印刷
书　　号　ISBN 978-7-5447-7333-1
定　　价　39.00 元